『新撰万葉集』諸本と研究

浅見 徹 監修
乾 善彦
谷本玲大 編

和泉書院

目次

凡例

一、本書には、新撰万葉集の諸本の中から、羅山本系の代表として内閣文庫蔵本と、校訂研究の魁として元禄九年版本を、影印として収め、解説と諸本研究、および研究文献目録を付した。

一、内閣文庫蔵本は約57パーセント、元禄九年版本は約66パーセント（表紙・裏表紙は58パーセント）に縮約したものである。それぞれ下欄に歌番号を付した。本書に収めた論考と解説の引用は、全てこの番号によっている。

一、緒言および新撰万葉集の諸伝本は、監修者浅見徹による。緒言において本書の意図が明らかになっている。

一、解説は、羅山本を谷本玲大、元禄九年版を乾善彦が担当した。研究文献目録は谷本玲大による。

緒　言

万葉集巻八、額田王の歌

君待つと吾が恋ひ居れば　我が屋戸の簾動かし秋之風吹く　一六〇六

の歌は「秋之風吹」という本文にもかかわらず、類聚古集、神田本等には「あきかぜぞふく」という訓が付せられている。

万葉集中には「あきのかぜふく」と訓める歌が他に三首ある。

君待登　吾恋居者　我屋戸之　簾動之　秋風吹　四・四八八
我背児乎　何時曽且今登　待苗爾　於毛也者将見　秋風吹　八・一五三五
芽子花　咲有野辺　日晩之乃　鳴奈流共　秋風吹　十・二二三一

いずれも「秋」と「風」との間に「の」を表す文字は置かれていないが、さりとて、これらの歌の表記ぶりからは、「風」の次に「ぞ」を補う余地はない。「あきのかぜふく」という訓は動かないであろう。

しかし、万葉集には「あきのかぜ」よりも「あきかぜ」という複合語形の方がはるかに多い。五十六例ほどが数えられる。そのうちには

足日木乃　山辺爾居而　秋風之　日異吹者　妹乎之曽念　八・一六三二

などのように、明瞭に「あきかぜの」と訓むことを要求する表記が採られ、これが動詞の主格に立っているような例も十三例ほどある。これらは「あきのかぜ」という表現も可能であった筈のものであろう。万葉集内部でも「あきのかぜ」よりも「あきかぜ」の方が好まれたというか、時代が下がるに従って「あきかぜ」が普通に用いられるように

なったと云うべきであろうか。ひるがえって、例えば『新編国歌大観』の第一巻である勅撰集の索引を眺めれば、「秋の風吹く」の例は見当たらず、「秋風ぞ吹く」には多数の用例が見出される。すなわち、中古以降は「秋風ぞ吹く」が和歌の定型表現となり、万葉集一六〇六番歌の訓みもこれに引かれた結果の所産であると認められる。

三冊子（忘水）に「春雨はをやみなくいつまでもふりつゞく様にする、三月をいふ、二月すゑよりも用ふる也、正月・二月はじめを春の雨と也」とあり、俳諧の世界では、季語としての「春雨」「春の雨」を区別しようとしていたこともあるらしい。確かにそのような語感も肯われなくもないが、やはり後世ぶりであろう。「秋の風」とよく似た表現である「春の雨」は、万葉集以外では、勅撰集の中には、

春の雨のあまねき御代を頼むかな霜に枯れ行く草葉洩らすな　新古今・一四七七　有年

春の雨秋の時雨と世にふるは花や紅葉の為にぞありける　玉葉・二六六〇　光俊

の二首のみを拾うことが出来る。むろん、「春雨」の例はやはり圧倒的に多い。

新撰万葉集巻頭に載る歌、

水の上に文織り紊る春之雨哉山の緑をなべて染むらむ

の第三句、諸本いずれも異同はない。これに対して、寛文版本以下の版本はハルノアメヤと付訓しているが、群書類従本と諸写本はいずれもハルサメヤと訓む。

新撰万葉集は平安時代の成立、その基盤となった歌は、古今集撰者達のほんの一時代前、六歌仙時代のものである。当然歌風は王朝和歌的、なのではあるが、全歌が真名書きされていること（それは漢詩あるいは漢詩らしきものとの対比という趣味的な要因があったかもしれないし、上代的真名遣いとは異なる書き様ではあるが。むろん女手は既に使用可能であった筈）に象徴されるように、万葉集と古今集以降の王朝和歌とのはざまに位置する面も見逃すわけにはいかない。

始めに掲げた例に関わるかもしれないのが、今度は下巻巻末近くの

うちしくに（うち乱れ？）ものを思ふかをみなへし世を秋風之心倦ければ（二七四）

という歌について、類従本と諸写本が「秋之風」という本文を伝えていることである。「秋風」という語は万葉や八代集の全歌集に見える語であるが、「秋の風」は万葉と後撰、新古今にしか使われていない。これは「春風」が何処にでも見られるのに対して「春の風」が後拾遺集と金葉集のみで使われているのと軌を一にしている現象であろう。だからといって、直ちに新撰万葉の本文の校訂の根拠とはなしえないこと、もちろんである。が、歌の表現、伝承・書写の問題を考えるときに留意すべき事であろう。

新撰万葉集二番歌

散ると見て有るべきものを梅の花うたて匂の袖に駐まれる

春風触処物皆楽　上苑梅花開也落　淑女偸攀堪作簪　残香匂袖払難却

には、万葉集では現れなかった、国字とされる「匂」が、ご丁寧にも漢詩の方にも使われる。漢詩では「香」の文字が直前にあるのだから、表現としてはこの「匂」の文字は不要の筈である。「にほひ」という語が上代殆ど視覚に関する表現であったのに、中古には嗅覚的表現に変わるということ、花、特に「梅」が上代にはその色を愛でられていたのに（むろん白梅である）、中古には香りがもてはやされるようになる、その先駆け的な歌とも言えるであろう。

四番歌に

花の樹は今は堀り植ゑじ　立春は移徙ふ色に人習ひけり

第三句、ここは「春立てば」と訓まなければなるまい（藤波本と講談所本にはタツハルという付訓があり、講談所本はハルタテを補う）。ここに「立春」という文字が現れるのは（原撰本のみ「春立」、京大本系、講談所・藤波に「春立」の注記があ

る）何故か。添えられた詩に「立春遊客愛林亭」の句が見えるためであろうか。春になることを、万葉集では「春さる」というのが普通であった。それ以外には「来たる・なる」。「春立つ」は巻十に二例（うち一例は人麻呂歌集）巻二十に家持の例が二つ。「春さる」は「春立つ」の十倍以上。秋に関しても、「秋立つ」の表現は、人麻呂歌、人麻呂歌集に三例、家持が一例の外、巻八・十に各一例の用例を見るが、「さる」はその三倍以上。「春・秋立つ」という表現は暦の知識と中国詩の「立春・立秋」の翻訳から来る。多分に人麻呂が使い始め、家持が踏襲した類の一つであろう。王朝和歌の世界では、「春・秋立つ」が圧倒的な流行となる。新撰万葉にはもはや「さる・来たる」は現れない。が、多いのは「来」であって「立つ」ではない。ちなみに夏・冬では古来「さる」も「立つ」も用いられない。

　このほか、新撰万葉の歌には古今以降の王朝和歌とは異なる表現が用いられていることも多い。例えば、「物憂かる声に鶯哉鳴く」（一〇番歌）などのように、係助詞「や」が文中に現れて動詞・形容詞の連体形で結ぶような例。新撰万葉ではこちらの形の方が多いのだが、やがてはこれらは推量の助動詞で結ばれるのが常となる。

　また、漢文訓読語系統の文章に多用されることが多いと謂われる助動詞の「ごとし」や「ざり」、副詞の「いまだ」「いかで」「なに」など、王朝和歌の用語としては不似合いな感のする語も散見する。仔細に調査すれば、万葉集の表現とも古今集以後の表現ともやや異質な語句を拾い上げることが可能であろう。竹取物語や土佐日記などの初期仮名文に訓点語系の表現が多いことはつとに指摘されているが、その原初に漢文体の文章を置いて考えるべきか、王朝雅文の未成熟の問題とするか、今後の課題でもあろう。

　新撰万葉集は、種々の意味で、万葉集と王朝和歌の接点に立つものである。

（浅見　徹）

影印篇

7　羅山本

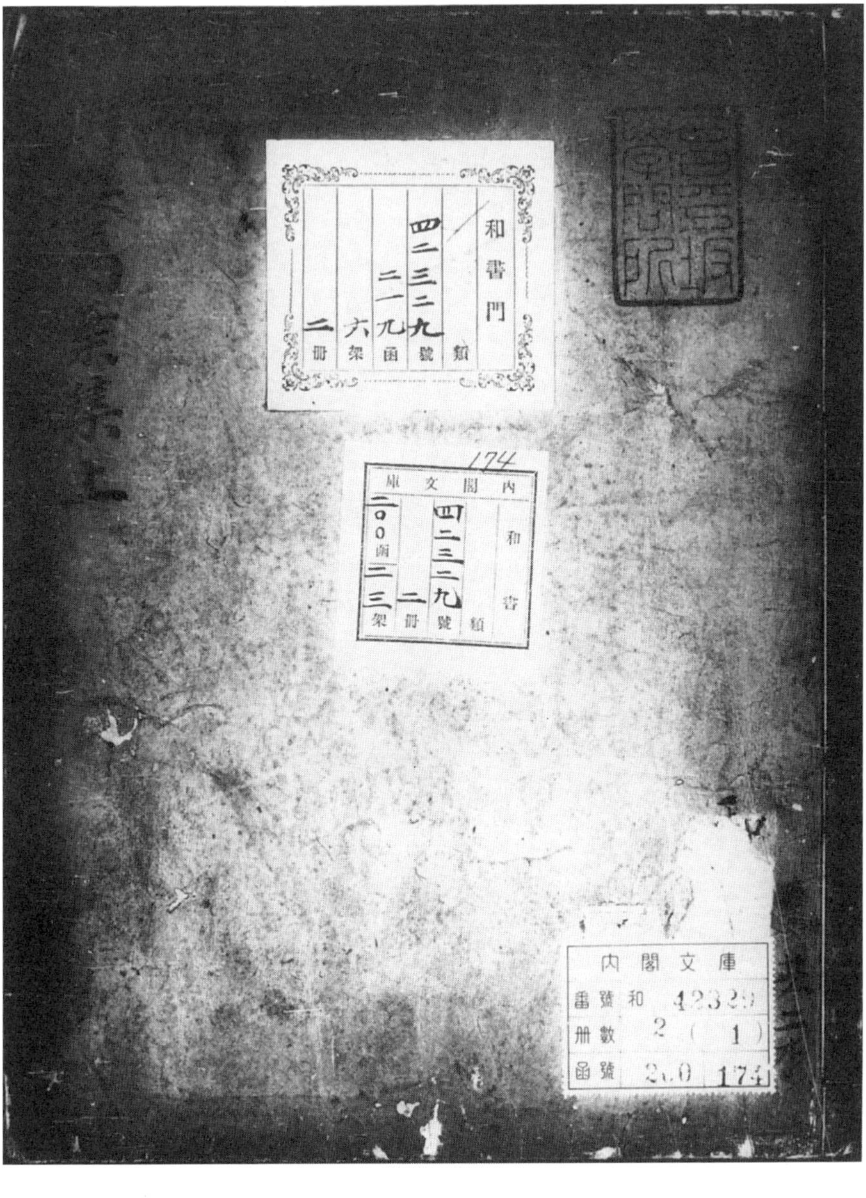

和書門
類 號 函 架 冊
四二三二九
二一九
六
二
174
内閣文庫
和書
類 號 冊 架
内閣文庫
番號 和 42329
冊數 2 (1)
函號 174

新撰萬葉集卷上　菅右

夫萬葉集者古歌之流也非未嘗稱警策之名焉
況復不有鄭衛之音乎見説古者飛文染翰之士
興詠吟嘯之客青春之時玄冬之節隨見而興既作
觸聆而感自生凡厥所草稿不知幾千漸尋筆墨之
跡文句錯亂非詩非賦字對雜揉難入難悟所謂仰
彌高鑽彌堅者乎然而有意者進無智者退而已
於是奉綸綍綜緝之外更在人口盡以撰集成數十

巻葉其要妙韜遺待價唯媿非凡眼之所可及
當今寛平聖主万機餘暇擧宮而方有事合歌後
進之詞人近習之才子各獻四時之歌初成九重
之宴又有餘興同加戀思二詠倩見歌體雖誠見古
知今而以今比古新作花也舊製實也以花比實
今人情彩剪錦多述可憐之句古人心緒織素
少綴不整之艶仍左右上下兩軸惣三百有首號
曰新撰万葉集先生非啻賞倭歌之佳麗兼亦綴

一絶之詩插數首之左庶幾使家々好事常有
梁塵之動處々遊客鎮作行雲之遏于時寛平五
載秋九月廿五日偷畫前世之美而解後世之顧
云尓

左右三百有首

春歌廿一首

水之上丹文織紊春之雨哉山之緑緒那倍手染濫

春来天氣有何力　濛々水面縠

二オ

怱望遅々暖日中　山河物色際深緑
2 散砕見手可有物緒梅之花別様匂之袖毋鬚礼留
和風觸處物皆樂　上苑梅花開也落
淑女偷攀堤作簪　殘香匂袖拂雖却
3 淺緑野邊之霞者囊靹已保礼手匂花櫻鮑
緑色淺深野外盈　雲霞片々錦帷成
殘嵐粳皺千匂散　自此櫻花傷客情
4 花之樹者今者不瑞随立春者彩徒色毋人習藝里

花樹栽來幾適情　立春遊声愛林齋
西施潘岳情千万　兩意如花尚似輕
春霞網冊張牢花散者可移徙鶯將駐
春嶺霞低繡幕張　百花零所似燒香
艶陽氣若有留術　無惜鶯声与暮芳
花之香緒風之便冊交倍手會鶯倡指南庭遣
頻遣花香遠近賖　家々處々匣中加
黄鶯出谷無媒介　唯可梅風為指斗

三オ

7 駒那借手目裳春之野丹交南若菜摘久留人裳有哉砥

綿々朧野策驢行　目見山花耳聴鶯

駒特羈々趙荀宿　春穣採蕨又盈嚢

8 吹風哉春立来沼砥告貫年枝丹牢礼留花折丹藝里

豊厌警節早春来　梅枝初萌自欲開

上苑百花今已富　風光處々此傷哉

9 真木牟具之日原之霞立還見鞆花丹被驚筒

倩見天隅千片霞　宛如萬絲満園奢

遊人訖取圖屏障　想像桃源兩岸斜
10 雖春立花裳不匂山里者嬾輕聲丹鸎哉鳴
境埆幽亭豈識春　不毛絶域又無匂
花貧樹少鸎慵囀　本自山人意未申
11 梅之香緒袖爾寫手駐手者春者過鞆斤身砥将思
無限遊人愛早梅　花〻樹〻傍籬栽
自攀自翫堪移袂　猶笑三春不再來
12 鸎者郁子乍鳴濫花櫻坼砥見芝萄丹早散藝里

四オ

誰道春天日此長
梅花早綻不留香

高位鶯囀林頭馥
恨使良辰獨有量

春霞色之千種丹見鶴者棚曳山之花之影鴨

霞光片々錦千端
未辨名花五彩斑

遊客廻眸猶誤導
應斯丹穴聚鵷鸞

春霞起手雲路丹鳴還鴈之酬砥花之散鴨

霞天歸雁翼遥々
雲路成行文字照

若汲花時如去意
三秋係札早應翔

四ウ

15
霞立春之山邊者遠藝礼砥吹来風者花之香曽爲
花〻數種一時開　芬馥從風遠近来
嶺上花繁霞泛艶　可憐百感每春催

16
霞起春之山邊冊澗花諸不飽敷砥哉鶯之鳴
霞彩斑〻五色鮮　山桃灼〻白成燃
鶯聲緩急驚人聽　應是年光趂易遷

17
鶯之破手羽裳櫻花思隈无早裳散鉇
紅櫻本自作鶯栖　高翥花間終日啼

五オ

獨向風前傷幾許　薌芳零處徑應迷

18 乍春年者暮南散花緒將惜砥哉許ゝ良鶯之鳴

縱使三春良久留　雖希風景此誰憂

上林苑下自皆盡　遊客鶯兒痛未休

19 如此時不有芝鞆倍者一年緒揔手野春毋成須由裳鉇

偷見年前風月奇　可憐三百六旬期

春天多感招遊客　携手携觴送一時

20 鶯之陬之花哉散沼濫佗敷音丹打蝿手鳴

残春欲盡百花貿　寂寞林亭鶯囀頻
放眼雲端心尚冷　從斯處々樹陰新

21
春来者花砥哉見留白雪之懸礼留柯丹鶯之鳴
嘲見深春帯雪枝　黄鶯出谷始馴時
初花初鳥皆堪翫　自此春意可得知

夏歌卅一首

22
蟬之音聞者哀那夏衣薄哉人之成砥思者
嘒々蟬聲入耳悲　不知齊后化何時

六オ

六ウ

絺衣新製幾千襲　吹殺伶倫竹與緣

23 夏之夜之霜哉降礼留砥見左右丹荒垂屋門緒照栖月景

衣月凝来夏見霜　姮娥觸処翫清光
荒涼院裏終宵讌　白兎千群入幾宮

24 沙乱丹物思居者郭公鳥夜深鳴手五千人槌往濫

雖賓恐婦兩眉低　耿々閨中待曉鷄
粉黛壞来收淚處　郭篤夜々百噭啼

25 初夜之間裳乗處无見留夏虫丹惑増礼留戀裳為鈍

好女係心夜不眠　終宵臥起淚連連

贈花贈札迷情切　其奈遊蟲入夏燃

夏之夜也臥歟砥為礼者郭公鳴人音冊明留篠之目

日長夜短嬾晨興　夏漏遲明聽郭公

嘯取詞人偷走筆　文章氣味與春同

五十人槌夏鳴還濫足彈也山郭公老牟不死手

夏枕驚眠有妬穀　郭公夜叫忽過庭

一留一去傷人意　弥重今年報舊鳴

28 雜賓侯野邉之側之菖蒲草香緒不飽砬哉鶴敢音鳥
菖蒲一種滿洲中　五月尤繁奠鷺邁通
盛夏芬〻漁父翫　栖来鷗翔叫無窮

29 暮欲砬見礼者明塗夏之夜緒不飽哉鳴山郭鳥
難暮易明五月時，郭鳥緩叫又高飛
一霄鐘漏盡尤早　想像閨莚怨婦恋

30 郭鳥鳴立夏之山邉庭沓直不輸人哉住濫
山下夏来何事樂　郭鳥處〻數鳴時

七ウ

幽人聴取堪憐翫　況復家々音不希

31 菖蒲草五十人皆之五月逢迺濫毎来年稚見湯濫（礼者イ）

五月菖蒲素得名　毎逢五日是成靈

年々服者齡至幼　鶴龜嘗来味尚乎

32 去年之夏鳴舊手芝郭鳥其歟不歟音之不變迺

去歳今年不變何　郭鳥曉枕駐聲過

寒閨側耳憐聞處　遮莫殘鳥舌為多

33 蹤見筒駐牟留郷之無礼早山郭鳥浮宕手者鳴

八オ

八ウ

郭蔦一叫誤閨情　恐女イ聞悪翔聲
飛去飛来無定処　或南或北幾門庭
蛻蟬之侘敷物者夏草之露丹懸礼留身丹詐依里氣礼
蟬人運命惣相同　含露朝飡暫養躬
三夏優遊林樹裏　四時鳴息此裏中
夕去者白螢里燃礼鞆光不見早人之都礼無杵
怨深喜淺此閨情　夏夜胸燃不異螢
書信休来年月暮　千般其奈望門庭

35　34

36 夏山丹戀敷人哉入丹兼音振立手鳴郭鳥

一夏山中驚耳根　郭鳥高響入禪門
適逢知己相憐處　恨有清談無酒罇

37 琴之聲丹響通倍留松風緒調店鳴蟬之音鉇

邕郎死後罷琴聲　可賞松蟬兩混并
一曲彈來千緒犯　万端調處八音清

38 夜哉暗杵道哉迷倍留郭鳥吾屋門緒霜難過丹鳴

月入西嵫杳冥宵　郭鳥五更叫飄颻

九ウ

夏天處〻多掩乱　曉牖家〻音不遥

都例褰無杵夏之草葉丹置露緒命砕恃蟬之葬無佐　39

鳴蟬中夏汝如何　草露作飡樹作家

響處多疑琴瑟曲　遊時宛似錦綾窠

夏草之繁杵思者蚊遣火之下丹而已許曽燃亘藝礼　40

一生念愁暫無休　刃火如莢不可留

黈纊塞来期盛夏　許由洗耳永離憂

誰里丹夜避緒為手鹿郭鳥只於是霜寝垂音為　41

郭鳥本自意浮華　四遠无栖汝獨奢
性似蕭郎含女怨　操如蕩子尚迷他
人不識汝思哉繁杵郭鳥夏之夜緒霜鳴明濫
三夏鳴禽号郭鳥　従来狎媚叫房櫳　叫
一聲觸處万恨葬　造化功尤任汝窮

秋廾六首

秋風丹綻汝良芝藤袴綴刺世砧手蛬鳴
商飈颯々葉輕々　壁蛬流音數處鳴

十オ

44
曉露鹿鳴花始發　百般攀折一枝情
白露丹風之吹敷秋之野者貫不駐沼玉曾散藝留
秋風扇處物皆奇　白露繽紛亂玉飛
好夜月來添助潤　嫌朝日往望為晞

45
吾而已哉憐砥思蛬鳴暮景之倭瞿麦
秋來曉暮報吾歎　蟋蟀高低壁下鳴
耿々長宵驚眠處　誰言愛汝最丁寧

46
秋風丹鳴鴈歟聲曾響成誰玉梓緒懸手來都濫

十ウ

聽得歸鴈雲裏聲　千般珎重遠方情
繫書入手開緘處　錦字一行淚數行
女倍芝匂倍留野邉丹宿勢者綾無徒之名緒哉立南
女郎花野宿羈夫　不許繁花負號過
蕩子從來無定意　未嘗苦有得羅敷
秋之野之美照月之光丹者置白露緒玉砥許曽見礼
秋天明月照無私　白露庭前似亂璣
卞氏謝來應布地　四知廉正豈無知

十一ウ

49
白露之織足須蓑之下黄菊衣冊遷秋者黍藝星
秋萩一種寂須慊　半萼殼紉丰萼遷
落葉風前砕錦播　峦枝雨後乱絲牽

50
鴈欸聲之羽風諸寒美従織之管子纏音之切々砥為
爽催来雨事悲　秋鳴皷翼興虫機
含亀郎（朗）詠依人憂　専夜闌吾賞一時

51
花薄曽與艶爲礼者秋風之吹欸砥曽聞无衣身者
蘆花白々得風鳴　更詠金商入律聲

從此擣衣砧響耳　千家裁縫婦功成

52
秋之野之草之袂欤花薄穂出手招袖砥見湯濫

秋日遊人愛遠方　逍遥野外見蘆笑
白花搖動似招袖　疑是鄭生任氏孃

53
不散鞆兼手曽惜敷黄葉者今者限之色砥見都例者

野樹斑斑紅錦装　惜来爽候欲闌光
年前黄葉再難得　争使涼風莫吹傷

54
鴈之聲者風丹競手過礼鞆吾欤待人言傳裳无

十二オ

秋鷹雖叫半天　雲中見月素鸞隆
嶽會汝有知来意　問道丁寧早可傳
秋之蟬寒音冊曽聞渇那箇木之葉之衣緒風乱暁鶴
寒蛩乱響惣秋林　黄葉飄々混數音
一々流聞笆子琴　閨中自此思沉々
日夕芝冊秋之野山緒別来者不意沼錦緒曽服
終日遊人入野山　終々葉錦衣哉々
登峯望發迴眸切　石硯濡毫與万端

十二ウ

56　55

奥山丹黄葉踏別鳴麋之音聆時曾秋者金敷 57

秋山寂々葉零々　麋鹿鳴音數處聆

勝地尋来遊宴處　无朋无酒意猶冷

鴈之聲丹管子線於砥之夜緒寒美虫之織眼衣緒曽假 58

鳴鴈鳴虫一々清　秋花秋葉斑々聲

誰知雨興无飽足　山室沉吟獨作情

秋風丹音緒抗丹擧手來舡者天之戸亘鴈丹佐里藝留 59

嗷々秋鳴乱碧空　濤音櫓響々相同

十三オ

罽人舉擑棹歌處　海上悠々四遠通

60 秋山丹意為麋之音立手鳴曾可為死君殺不来夜者

獨卧多乎婦意睠　秋閨帳裏舉音啼

生前不幸希恩愛　願致蕭郎狂馬蹄

61 唐衣乾鞆袖之燥沼者吾身之秋丹成者成藝里

曩時恩幸絶今悲　雙袖雙眸雨不晞

戸牖荒涼蓬草乱　毎秋鎮待鴈書遅

62 秋之月蒙斉插照勢留者宿露佐倍玉砥見湯濫

秋月玲瓏不別叢　叢々間白露與珠同

終宵對翫凝思處　一陣清光照草藂

率尒裹風之涼吹塵鹿立秋日砥者郁子裳云藝里

涼飈急扇物先衰　應是為秋氣早來

聲蚕家々音始亂　藂芽露々蘂初開

秋芽之花開丹藝里高猨子之尾上丹今哉麋之鳴濫

三秋有藥号萩花　麋子鳴時此草蒼

雨後紅匂千度染　風前錦色自然多

十四オ

65
松之聲緒風之調冊絃手者龍田姫子曾秋者渟良咩
翠嶺松聲似雅琴　秋風扣處聽徽音
伯牙輟手幾千歳　想像古調在此林

66
白露之色者一緒何冊為手秋之山邊緒千冊染濫
白露從來莫染功　何因草木葉先紅
三秋欲暮趁看處　山野斑々物色公

67
秋霧者今朝者那石不起曾龍田山婆々曾之黄葉与曾見覧
山谷幽閑秋霧深　朝陽不見幾千尋

十四ウ

68
奇寞若有天容出　霽後偸看錦葉林
雨降者笠取山之秋色者往買人之袖佐倍曾照
名山秋色錦斑々　落葉繽紛客袖爛

69
終日廻看無倦意　一時風景誰人訕
何人廡來手脱係之藤袴毎秋来野邊緒匂婆須
秋来野外莫人家　藤袴綿懸玉樹柯

70
借問遊仙何處在　誰知我棄指南車
音立手鳴曾可為汝秋之野丹朋迷勢留虫庭不有砥

秋人嚮笑類虫聲　落涙千行意不平
枯槁形容何日改　通宵抱膝百愁成
71 耳南備之御室之山緒秋往者錦裁服許々加許曾為礼
試入秋山遊覧時　自然錦繡攪單衣
毿々新服風前艶　咲斂女林鳳羽儀
72 名西負者強手將持女倍芝人之心丹秋這来鞆
秋嶺有花号女郎　野庭得所汝孤亮
追名遊客猶尋到　本自慇懃子尚强

73
秋風之吹立沼礼者蛬已殺綴砧木之葉緒曽刺
秋風觸處蛬鳴寒　木葉零堆衣一單
夜々愁音侵客耳　朝々餘響滿庭壇

74
布舟秦手不飽別留織女者可立還故路无唐南
七夕佳期易別時　一年再會此猶氷
千般怨歎鵲橋畔　誰識二星涙未晞

75
山田守秋之假廬丹置露者稲負鳥之涙狎倍芝
稼田上々此秋登　秔稲離々九穂同

十六オ

76 皷腹堯年今亦皷　農夫和角舊謳通
秋之野之千種之句吾而已者見砥價元獨砥思者
野外千句秋始裝　風前獨坐翫芬芳
廻眸感歎无如已　終日貪來對艶局

77 夜緒寒美衣借金鳴苗丹芽之下葉裳移徒丹鬘里
寒露初降秋夜冷　芽花艶〻葉零〻
鴈音頻叫銜蘆處　幽感相干傾緑醽

78 言之葉緒可惜者秋來者五十人乱狹色之不蔓藝苗

十六ウ

秋来変改併依人　草木葉枝此尚均

昨日猶言今日不　愧来世上背吾身

冬歌廿一首

堀手置之池者鏡砥凍礼鞆影谷不見年曽歴藝留

眼前貯氷号瑳池　手流手寒送歳時

冬至毎朝凍作鏡　春来終日浪成漪

小竹之葉丹置白露裳独寝留吾衣許曽冷増藝礼

玄冬季月気猶寒　露往霜来被似單

十七オ

80　79

松栢凋残枝捲冽　竹藪変色欲枯殫

81 光僕枝丹懸留雪緒許曽冬之花砥者可謂狩甃乳

三冬柯雪忽驚眸　咲敬氷時見御溝

柳案梅花薫託乳　怜如春日入林頭

82 霜枯之柯砥那侘曽白露緒花砥雇手見砥被飽沼

試望三冬見玉塵　花林假髭数花新

終朝捐敬須臾艶　日午寒條蘂尚貧

83 攬嵪之窓際積咩白玉之鋪留塀𥳑人者見盤

冬天下雪玉堆新　累白鋪来不見塵
千頃瑠璃多誤月　可憐素色滿清晨
冬寒美蒼丹懸益鏡迸裳破南可老迷人
冬来氷鏡攄簷懸　一旦趁看未破前

84

嫗女嚬臨元粉黛　老来皺集幾廻千
白雪之八重降敷留還山還々留丹老丹藝留鉇
白雪千頭八十翁　誰知屈指歳猶豊
星霜如箭居諸積　獨出人寰欲數冬

85

十八オ

86
冬成者雪降積留高杵嶺立白雲丹見江亘濫
冬峯残雪舉眸看　再三嗤来数疋紈
未辯白雲晴後尋　毎朝尋到望山巓

87
松之葉丹宿留雪者世人丹芝手時迷勢留花砥曽見礼
冬日舉眸望嶺邊　青松残雪似花鮮
深春山野猶看誤　咲敍寒梅万朶連

88
白雲之下居山砥見鶴者降積雪之不消成藝里
四山霽後雪猶存　未辯白雲嶺上屯

終日看来無厭足　況乎壚䑓又數〻

89 大虛之月之光寒藝礼者景見芝氷曽先凍藝留

寒天月氣夜冷〻　池水凍来鏡面瑩

倩見年前風景好　玉壺晴後翫清光

90 白雪之降手積礼留山里者住人佐倍也思銷濫

雪後朝〻思万端　山家野堂物斑〻

初銷粉婦泣来面　冣感應驚月色寛

91 吾屋門之菊之垣廬丹置霜之銷還店将逢砥曽思

十九オ

青女觸来菊上霜　寒風寒氣菓芬芳
王弘趁到提罇酒　終日遊邀陶氏庄
三吉野之山之白雪踏別手入西人之音都礼裳勢治
遊人絶跡入幽山　沍雪踏霜獨蒙寒
不識相逢何歳月　夷齊變跡遂元還
十月霈降良芝里山之並樹之黄葉之色増徃
孟冬細雨足如練　寒氣初来染葉時
一下不流看山野裏　樹紅草縁乱参差

十九ウ

94 雪降手年之暮往時丹許曽遂緑之松裳見江藝礼
松樹従来蔑霜雪　寒嵐扇處獨蒼々
奈何桑葉先零落　不屑槿花暫有昌

95 湊河身投量之淵成砥凍不洋者景裳不宿
怨婦泣来渡作淵　経年直月臆揚煙
冬閨両袖空成淺　剗領望君幾數年

96 為君根剌将求砥雪深杵竹之園生緒像迷絶
雪中竹豈有萌乎　孝子祈天得筍多

97
殖物冬園何事苦　歸欲行客哭還歎
攪散芝花砥而已白雪者雲之城之玉之散鴨

98
素雪紛紛落葉新　應斯白玉下天津
擧眸望處心如夢　霜後園中似見春
霜枯丹成沼雖思梅花折留砥見雪之照礼留者

99
寒風肅肅雪封枝　更訶梅花滿苑時
山野偷看堤葉眼　深春風景豈无知
歷年砥色裳不變沼松之枝丹宿留雪緒花砥許曾見咩

冬来松葉雪班〻　素蘂氷時枝上寛

山客廻眸猶誤噵　應斯白鶴未翩翻

戀歌廿首

紅之色庭不出芝隠沼之下丹通手戀者死鞆

閨房怨緒惣无端　万事吞心不表肝

胷火燃来誰敢滅　紅深袖涙不應乎

思筒晝者如此店名草咩都夜許曽佗杵獨寢身者　滾不絶涙礼

寡婦獨居欲數年　容顔枯槁敗心田

二十一オ

日中怨恨猶應悉　夜半潸然淚作泉

鹿鳴成氣波之山之葉ろ砥音身一丹戀緒積鶴

馬蹄久絶不如何　戀慕此山凌此河

蕩客番言常誰我　蕭君永去莫還家

都例裳那杵人緒待砥手山彦之音為左右欺鶴鈍

千般怨殺厭吾人　何日相逢万緒申

歎息高低閨裏乱　含情泣血袖紅新

戀直許呂裳之袖者潮滿手海松加津加沼浪曽起藝留

104　103　102

落淚成波不可乾　千行流處袖紅斑

平生眠近今都絶　寤室閑居緬琴彈

戀侘手打寢留中丹往還留夢之只徑者宇都ゝ那良南

戀緒連綿無絶期　履聲佩響著聽何時

君吾相去程千里　連夜夢魂猶不稀

懸都例者千之金裳數如沼何吾戀之逢量無攸

年來積戀計無量　盈指負多手筭忙

一日不看如數月　慇懃相待隔星霜

106　105

107
人緒念心之燃者身緒曽燒煙立砥者不見江沼物轉
胸中刀火例燒身　寸府心灰不舉烟
應是女郎為念足　閨房獨坐面猶顏

108
戀芝砥者今者不思魂之不相見程丹成沼鞆緒者
消息絶來幾數年　昔心忘却不須憐
閨中寂寞蜘蛛亂　粉黛長休鏡又損

109
被厭手今者限砥成西緒更昔之被戀鞆
被厭蕭郎永守貞　獨居獨寢淚零々

心中著事雖忘却　頓念閨房恩愛情

110 意敷丹佗手魂迷那者　空敷軀之名丹哉遺濫

戀情无限匪須勝　生死懇懃尚在胸

吾我昔時長契約　嗟来寒歳栢將松

111 朝景丹吾身者成沼白雲之絶手不聞沼人緒戀砥手

恨来相別抱恩情　朝暮劬勞體貌瘁

寂々空房孤獨慘　時々剋頭望荒庭

112 所縁丹黄玉之緒丹弱美糸手意者人哉知南

誰知心中戀緒紛　千和泣憂玉纖
千般歎息算難計　爭使蕭郎一憂群
都例无緒今者不意砭念倍鞆心弱裏落涙挟
不枉馬蹄歳月掩　従休鴈札望雲郊
戀情急憂寧應耐　落涙交横潤斗背
人不識下冊流留浚河堰駐店景哉見湯留砭
每宵流涙自然河　早且臨如作鏡何
撫懸沉吟无畏態　試追蕩容贈詞花

二十三ウ

115
淚河流袂之凍筒佐夜深往者身而已冷濫
冬閨獨臥繡衾單　流淚凍來夜半寒
想像蕭咸佳會夕　展幾每日有相看

116
君戀砥霜砥吾身之成沼礼者袂之滴曽冴增藝留
与君相別幾星霜　疇昔言花絶不香
曉夕凍來冬泣血　高低歎息滿閨房

117
戀敷丹金裏事之副沼礼者物者不被言手淚而已許曾
一戀一戀是同均　事々含情不可陳

流浪難留寧有耐　寂然静室両眉嚬

思徊山遠緒爲巳曾往乎見留不飽別芝人哉見留砥

思緒有餘心不休　偸看河海与山立

118

四方千里求難得　借問人家是有不

千之色丹移徙良咩砥不知石國意芝秋之木黄葉称者

人情變改不須知　見説生涯離別恨

閑對秋林看落葉　何堪爽候黯然時

119

二十四ウ

新撰万葉集巻上

二十五オ

59 羅山本

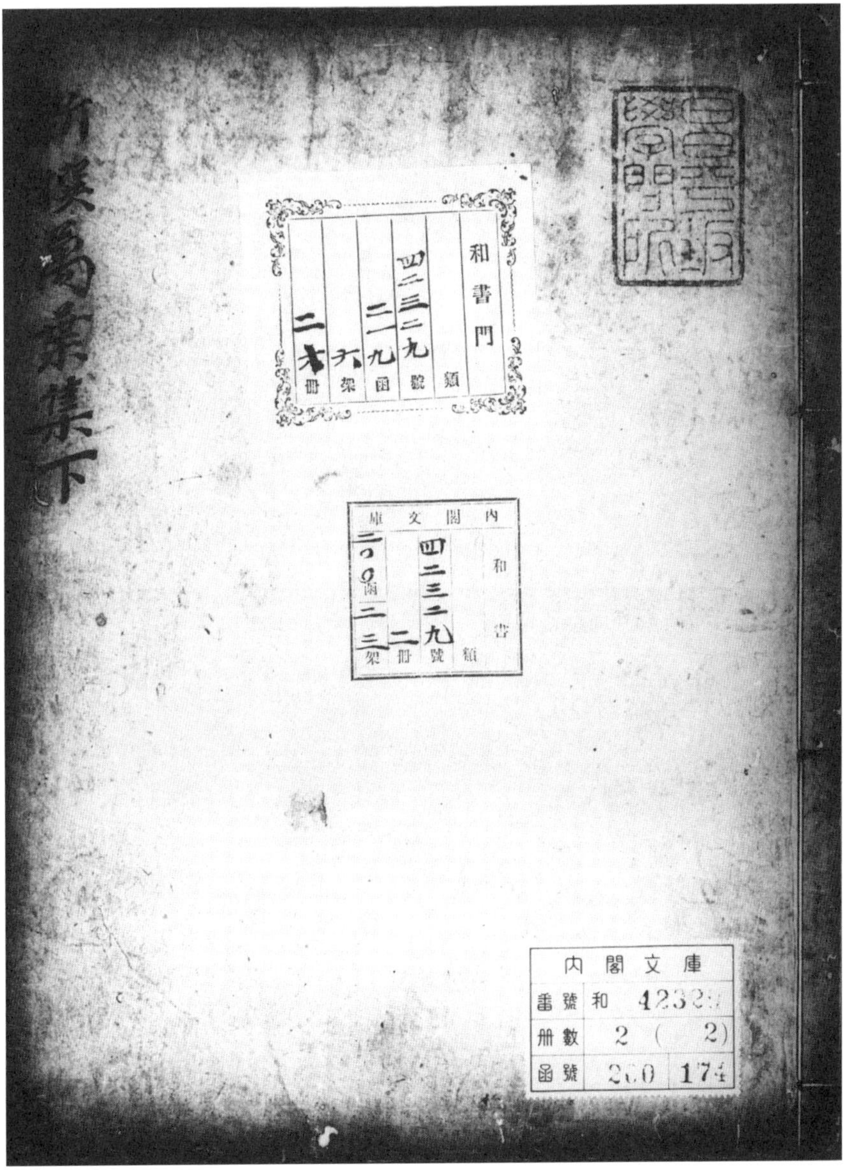

新撰萬葉集巻下

余以倩見古人之留謌易覺難知隨時有興也倫擇時人之練學詩書状披陳棄節在樂乎然則或有議之人撰文書之艶句詠當時之美様或秀才之者取詩章之麗言讃梅柳之可怜遂專文花開於翰林綾字就於辭林凡以在〻所〻歌曲併家〻宴〻聳聞也何況乎光花繽紛才藝霞飛翔等閑仙窟抽集爲巻則以使視歌

興詩詠之者庶幾使諸家之有以留賸餠啓試
傳後代手將多點字手跡巻舌餠口無那頗加
以述意之序增別絶句之尻也歲次延喜十三
年八月廿一日謹進序句之前人雖興和顚末
詠詩序仍序句但憚愕上人毋心凡人不興欤
雖然透筆尓云

春歌二十一首

谷風丹解凍之每隙丹打出留浪哉春之初花

溪風催春解凍半　白波洗岸為明鏡

初月含丹色開　咲敬蘇少家梅栁

音不咬（タヘス・断・絶イ）鳴哉鶯一年丹再度（フタヽヒ）砥（ト）谷（タニ）可來（ツヘキ）春章（カハ）

黄鳥一年一般鳴　歳月積逢数般春

可憐萬候鶯音希　認年客更來者

春之日丹霞別（ワケ）筒（ツヽ）往鴈之見江須ゝゝゝ裳雲隱筒

春來旅鴈帰故郷　雲路別南溪邊邨
恠往鴈明年且来　不増霜羽恒往還
燃草毋梅散落沼生多良者何成花欤亦者可折

元月東風留寒氣　山野草木稍初前
梅柳古枝節前新　想像香葉且将開
吾身緒者一朽木毋成多礼哉千之春毋裳逢留貝那之

一身萬事為重然　一林朽木成百怨
恠毎春木頭更青　葉節萬葉忝花色

光

二ウ

124　123

125
春霞起出留野邊之若菜丹裳成見手芝鈍人裳摘八斗
何春何處霞飛起　陰陽每年改山色
野人喜摘春若菜　山人往還草木樂

126
春來礼者花緒見牟云心許曾野邊之霞砥共丹起凡礼
青陽氣齊天地　日月溫盈鶯時節
松風扇袖引月光　仙人彈琴尓柯宴

127
年内皆乍春過那南花緒見手谷心可遣久
年内皆四時輪轉　遊客併周忌花見

谷風心任引兩足　春色深草木鮮緑

春雨之色者濃雲見江那國野邊之緑緒何手染覧

春雨一色染萬山　海中波凝千濤起

在々池吐青烟色　處々野邊白露低

折花者乍千種毋迄成砥誰葦春緒増周忌畱

千種折花尤春宜　誰増周忌深々色

可賞造化閑風流　仙客遊彈琴瑟

色深見留野邊谷常那良者春者徃鞆見成申

三ウ

130　129　128

谷霞色深見泛艶　野邊草木含孕光

烟霞風前類迁客　皆是粛々旅漂身

鶯之自谷出留音無者春者来鞆誰告申

元鶯　澗趣吹音　山野鎮主汝来賓

毎年思量帰都日　我何歳知汝明春

大空緒霞量之袖裳鉋春開花緒風丹不任芝

月光似鏡不明春　寒氣如刀不穿花

大虚雨後潤草木　春風花開霞射袖

四オ

131

132

白妙之浪道別手哉春者來留風立色丹花裳圻藝里

浪花妙白漁父吟　鳳鸞浮波海中花

觸石浮雲青山葉　別(道)有留湖岩汀霞

散花之候云事緒知坐羽春者往鞆不戀有事

春往散花舊柯新　毎處梅櫻別家変

樂濱海与春山思　奢敬黄鳥出香溪

候手云丹不駐沼物砥乍知誑手恋數春之別歟

空光不駐欺雪多　池内山邊猶境埔

四ウ

136
鞠庭前學文少　鞦韆樹下花且希
往春之跡谷有砥見申加者迅還來砥言申物緒

137
春日暮往山館無　谷風迅却物花少
夜雨偷穿石上苔　滴以皺人眼淚玉
開者且散可惜芝春之　身毋摘曾駐鶴

138
鶯舌滑哥曲韻諧　蝶身輕翩僊不樂
可惜春風花再散　亭前片身暗樹早
來春毋逢事許曾闰唐目過往毋為曾不後申

五オ

東南嶺早綻楳　西北池堤𣏓絲飛
梅飛白雪垣不鎖　鳳如顏粉似凝
春霞棚曳山之假芦舟者瀬瀬而已許留於砥者立藝礼
春霞櫻枝凝白花　流湍曳水索瀬文
芦前泉鳥倡梅　苔簪簸攬指南車
去年鳴之音舟佗年憐似蜜鎚幾之間華花舟押燕
舊鶯今報去年音　千般押逢幾春霜
垣吟鳴眼淚無出　鎮喘息咽氣不炤

140　139

夏歌二十二首

141 天之原悠々砥而已見湯銫雲之幡手裳色滋鴈藝里

初夏漢天泛月顏　悠々雲路流晴月

黄河亘玉光　相喜蒼天月玉色

142 散花之染云暈勢芝山緒不見知沼容丹夏者成塗

連天布水洗岩料　雲羅雨絶摩岸降

庭前風芝應春往　池測温泉吐散花

143 夏之夜之月者無程丆明朝之間緒曾加許知寄藝留

144

夏夜明月無翳處　銀漢落波將得句（聞白明）

夜月無程早朝速　仙羽殉踏無跡處

夏之月光不惜照（シミニテ テルトキハ）時者流（ナガルル）水舟遊（ナガロフ）絲曾（ソ）立（タツ）

月光連行不惜輝　流水澄江無遊絲

杳攉織起浪前　人間眼痛歎且多

145

鵲之嶺飛越手鳴往（ナキユケハ）者夏之夜度（ワタル）月曾留

鵲鏡飛度嶺無留　鳳　千里跡不見

滄波一葉舟（將母イ）隨遊　蕩子曾不憚遊

六ウ

146
匂筒散西花曽思裳保湯留夏者緑之葉而已繁里手
朱明稍来春花薄　青陽暮行鶯匂戀
姤涙嫉聲霑馥袖　細雨輕風不起塵

147
夏之風吾欤手本丹西被裹者思牟人之土産丹芝手申
夏風俄来扇吾袖　姤娥戀思別深身
暮行春節将過留　落花早速無障人

148
假染丹身哉被恃沼夏之日緒何蛻蟬之鳴暮芝鶴
蛻蟬終日鳴暮鮮　想像伶倫八音韻

春夏輪轉吟聲切　落飡乗眼育單身

149 夏來者蕅之浮葉老沼礼砥後圻花緒見裳過栖鉋

五月菖蒲毎年宜　別節人掌傾觴

所謂鶣鵲宜好藥　皐陶飽憂不酩酊

150 夏之日緒暮之侘塗蟬之杳毋吾鳴添留音者聞湯哉

夏天日長蟬侘傺　恠問知併無愁人

冬日終夕鳴不涙　恨何長短多無息

151 吹風之吾屋門毋來夏夜者月之影許曾涼爲希礼

七ウ

月影涼夏何怜　百尅支分室寂寞
江邊鴻鴈頻欲都　遄浮月影餅光斜（瀬浮月影餅光イ）

古里（フルサト）砥念哉為濫郭公鳥如去歳（コゾノコトクニ）丹那礼（ナレソ）留鳴成
郭鶯經年帰古里　去歳今年鳴同声
恠每年吟不易衢　可朋友時々新

夏之日緒暮芝侘（クラシワビ）蔺鳴蟬緒将問為鹿何事欤倦扜（ツヽナクセミヲトヒテシテナニコトヤウキ）
侶夫孤鷹何所賞　倆侘鳴蟬何事愁
柯枕夢裏不見聞（問イ）　鳥館虫栖单喜倦

八オ

沙亂丹情鮮筒暖杵身緒木高別手風年間南

西嶺木高引風羽　庭前叢爛少月光

伯牙彈玉琴韻調　蕚桃梨花落後興

草繁芝多放徃夏之夜裳別手別者袂者沾南

野邊繁草山蘿緑　春去秋來間夏臺

春非春旦夏非夏　池藕泥蕚半將散

推鍋手夏樹之野邊緒見旦世者草葉尾水毛緑成希里

夏樹野边　夲緑　葉眼水裳成　松

八ウ

烟葉濛瀧侵夜色　風枝蕭颯秋声

157 夏之夜之落那駐曾藕葉之誠之玉砥成芝果祢者

夜露一種染萬藕　流水布無葉不倦

裁縫無力尺仙服　散花惟葉随歩收

158 夏之日緒天雲暫芝隠沙南寝程年無明留朝緒

晴天夏雲無遺光　清河澄水不留滓

岸前蓮丹垣道逢　終日影通久宴興

159 夏之夜之松葉年留乎丹吹風者五十人連欲雨之音丹殊成

九オ

温夜松葉鳴琴音　阡栽前菊初将開
夏暮露初伴秋風　亀鶴白本述年齢
幾之間毋花散毋無永谷有勢者夏之蔭毋世中緒
花散後幾間風枝　樹根搓動吹不安
崿谷躁起睽不静　自是仙人衣裳之
夏草裳夜之間者露毋偲濫常焦留吾胷金数
夏草焦草偲露　瓰藍垣彫殉涼蔭
颯烟雖賞與難　應尋望雲雨潤衣

九ウ

蓬生荒留屋門丹郭公侘數左右丹打蝿手鳴
蓬生荒屋前無友　郭公鳴侘還古栖
應相送公往舊館　去留秋誰待來夏
秋歌三十七首
浦近久起秋霧者藻塩焼烟砥而已曽立亘藝留
秋風來觸處物馥　霧霞泛艶降白露
思得下氐将玉鋪　山野裝併染錦
秋之野之草者　鞆不見江那國景白露之玉砥聯貫

十オ

白藏野草芽華宜　嗌見已露貫非系
今日龍門秋波怨　几鱗争得少時遊

為吾來秋毋霜荒無國垂之音聞者先曽數
秋天雲收無惜光　池底清晴不過桂
黄表裏鶯添仙　金閨初泛千々盞

秋來者天雲左右毋裳不黄葉緒盧佐倍驗久何欤見湯覧
雲天灑落黄葉錦　漢河淺邑草木紅
西絶濫岳兩絺身　山河林亭匂千邑

十ウ

166　165

167
山澤之水無杵砥杵冐見亘秋之黄葉之落手翳勢者
山水湿路染秋芽　陰陽登霧黄葉色
碧羅殷錦称身裁　嫡枝媚花随歩廻

168
秋風丹被偪亘鳫欤聲者雲居逢丹當日曽聞湯留
秋風被偪鳫客来　白露被催鶴舘霞
江河少鳥共踟躊　雲居遥散且喜悦

169
幾之間丹秋穂垂濫草砥見芝程幾裳未歷無國
幾間秋穂露孕就　茶藍稍皆成黄色

170
庭前芝草迷將落　大都鴈路千量術
大虚緒取叉鞆閑那國星欤砥見留秋之菊鈍
大虚霧起紅色播　星浦泉流菊黄光
未聞一年舟盞泛　世上露咁述紛齡

171
秋之野丹玉砥懸留白露者秋虫之淚成希里
毎秋玄宗契七月　一年一般亘黄河
別日残如戀仙人　蓬莱梅閣好裁縫

172
秋之夜丹雨砥聞江手降露者風丹散希留黄葉成希里

十一ウ

秋月秋夜雨足静　山色稍出錦綾文

林枝儀裁千里眼　黄葉襄中蚓音聒

秋之夜緒明芝侘沼砥云希留物思人之為丹佐里希留

蟋蟀壁中通夕鳴　藝人乱夜明侘

寂寞館獨寢唔　常喘鳴鶩萬里人

白波丹秋之木葉之浮倍留者海之流勢留丹佐里希留

碧河白波涼水華　海中月光流湖鏡

松風緒張韻類林　更訶笆良琴瑟響

十二オ

175
秋之野丹駐露砥者獨寢留淚砥曾思保江沼倍杵
玄月空氣及心統　宇宙猛勢被四海
獨寢泣淚九夷盈　友別嘆腸六蛮多

176
裁芝時花待遠丹有芝菊移徒秋者憐砥曾見留
秋風寒山色易変　石水徹低澄亘改
池邊昌菊闘黄花　前裁秋芽吐紫色

177
黄葉誰手酧砥欲秋之野丹秋靡砥散筒吹交良牟
粟節黄葉酉初秋　随年白露柰緑色

十二ウ

山野風流秘成貯　凡陰陽奇術亘好

風寒蒸鳴秋虫之涙許留草葉之上丹露緒置良咩

班々風寒虫涙瀓　灼々草葉落色嬾

處々茅野鹿音聆　林々藂裏虫声繁

黄葉之散来時者袖丹受牟土丹落佐者疵裳許留都希

（他本無）音丹菊花見来礼者秋之野之道迷左右亭霧留起塗

黄葉飛落堆塵境　裾袖散来桃粉黛

幾家出人愛黄葉　誰家仕丁賞閑宴

十三オ

181 秋之露色殊々丹置許曽山之黄葉裳千種成良咩
秋露勢染千種色　虚月光照萬数処
色良絲弾歌漢月　嫦娥。手栢迴儛儈

182 秋之夜之月之影許曽木間堕者衣砥見江亘氣礼
月影西流秋腸断　桂影河清愁緒鮮
衣袂紅々栖月皃　咲敬人間有相看

183 草木皆色雖変大海之濤之花丹曽秋無雁希留
草木閑館色雖変　粟春林古枝雜宜

海中蘭舡無栽人　向大濤常仙花眼

銀河秋之夜量于砥麻良南流留月之景緒駐部久

銀河秋夜照無私　天岸流月影行跡

184

四時古花月影閑　可憐九重宮垣埒

不常沼身緒飽沼礼者白雲丹飛烏佐倍雁砥聲緒鳴

白雲落鄠飛鴈行　兩灑波滄迷鴈跡

濤音聳耳應秋風　水色凝唇還舌館

185

黄葉之流手堰者山河之淺杵瀧良杵裳秋者深杵緒

186

十四オ

應知月色山河浅　可惜岸岐光不駐

湍波嘹流行水擧　黄葉紅色吐襄金

打吹丹秋之草木之芝折礼者郁子山風荒芝盛濫

郁子裳垂任山風　許肉袂招揆秋草

岸邊芦花孕秋光　林事枝頭堆葉光

秋之虫何侘芝良丹音之為留侍芝影丹露哉漏徃

秋虫何侘鳴音多　蟬身露侍夢声聒

時々月影低息希　數々葉裏秘育身

189

山裳野裳千種丹物之哀杵者秋之意緒遣方戠無杵

山野千種物色丹　寒風梢來草木班

心造飛無定處　花勢鮮散不収人

190

白露丹被瑩戠為留秋來者月之光之澄増濫

白露草瑩無光陰　晴天緑裏月不光

濁池底月影不度　暗林前星皃不見

191

秋風丹濤戠立濫天河亙間裳無月之流留ゝ

秋露孕光似玉珠　苺苔積旬流舊蹤

192
江堤波濫奔練光　濁桂經月伴葉丹
抹經伴葉丹色鮮
秋之野丹凝留露者玉成哉聯貫懸留蜘之絲筋

天漢秋濤盛浮月　凝露前光照貫玉
桂先懸イ
193
蜘綸柯懸似飛鬚　可惜往還冬不來
往還不再
夕暮丹音蘂増秋之虫何欲金敷吾那良無國

菊是九月金液凝　水花鶴壽詞梨年
194
金摟宴泛盃毎酌　萬人持酌却往冷
顏衰　方
露寒美秋之木葉丹假庐為留虫之衣者黄葉成計里

十五ウ

寒露木葉怨秋往　萬家人所知長別
数處林枝愁黄葉　廬宅中壁虫音薄
秋来沼砥目庭朗冊不見祢鞆風之音冊曽被驚計留

山水飛文昔心落　月宮仙人功任添
擣服無砧秋錦留　染縫不人綾羅多
如此留世冊何曽者露之起還里草之枕緒数為覧

月宮凝映娥眉月　素楚夜源銀闕照
数夕枕上来夢根　單寝閨良子不見

十六オ

197
秋之野丹立麋之聲者吾曽鳴獨寢夜之数緒歴沼礼者
秋野麋咩處々響　毎山虫吶数々聒
月光飛落照黄菊　濤花開來解池怨

198
白雲丹翼皷替芝飛鴈之影佐倍見留秋之月鎚
秋天飛翙鴈影見　翼皷高者聞雲浦
可憐三秋鳴客風　冷雲寒星稀

199
秋來者草木雖枯礼吾屋門者繁里増留人芝不問祢者
秋往冬來草木苦古　蕪里古家皆迷怨

月影吾行山河飛　四隣併人不閑静　家胥素古留　己上異本

礒之上古枡心者秋之夜之黄葉折丹留思出鶴

月殿慵閑九重暗　雪雲足早降阡陌

蕪礒上波洗松根　河内涼水泥沓葉

冬歌二十二首

天之虚冬者浦佐倍凍介里石間丹涌之音谷裳世須

玄英碧空雪不閑　天浦九淵霖雨早

桑揄枝葉先散落　池潦水音静湍瀬

十七オ

流往水凍塗冬障哉尚浮草之跡者不定沼

宇宙冬天流水凝　池凍露寒無萍蹤

風寒霰旱雷洋速　初冬初雪降不冷

吾屋門者雪降穿手道裳無五十人童葬處砥人將來

冬天齊夜長日短　霜雪劒刀穿松栢

風秋寒氣傷草木　應痛暑往無温氣

神女等欲曰係紛之上毋降雪者花之紛毋焉達倍里

神女係雪紛花看　許由未雪鋪玉愛

十七ウ

204　203　202

咲敬弁知作斗筲　不屑造化風流情

205

冬來者梅丹雪許曾降紛倍何礼之枝緒花砥折申

冬來霜枝許花却　雪　枝林似白美

非枝非花恠似開　不春不秋降紛邑

206

足曳之山之懸橋冬來者凍之上丹往曾金數

寒天素雪凝牖照　雲非橋金樓前度

疑是西土鋪帳欤　念彼綸工白布曳

207

白雪之降手凍礼留冬成者心真丹不解麻留鎚

大都應憐白雪宜　何況寂無雲冬宵

霜抲泥池水静泮　晨日出達水猶鏡

白露裳霜砥成尓留冬之夜者天漢障水凍尓里

月浦九河雪凝早　山野林隈霜飛速

冬夜庭前無月　凍池水邊不緑草

降雪之積留岑丹者白雪之浪裳不踈居欲砥冐見留

陽季漢天降雪早　白雪浪浦散花速

霜枝不老無白鬢　雪山垣翠頭素髪

十八ウ

吹風者往裳不知砥冬來者獨寢夜之身丹曾芝美介留

何冬何處愛林亭　冬宵風氣衾不單

寒月谷風枝不障　閑館獨寢無問人

210

嵐吹山邊之里丹降雪者迅散枝之花砥許曾見礼

冬月冬日山嵐切　降雪迅散花柯寒

秋往冬來希温風　寒温齊年連造變

211

雪而已曾柯丹降敷花裳葉裳伊丹無方裳不知麻留鍵

雪柯泉鳥迷林住　嚢中萬虫還古館

212

柯葉無流失時怨　池凍同被無三秋

213 草叢木叢枯塗冬之屋門成者不雪者問人叢無

冬日草木　雪斜　寒夜閑館無問人

處々家々併寂莫　恨寒衣多無凝酒

214 冬之池之上者凍冊閉鶴緒何手加月之底冊入無

蒼天月宮無粧人　霜凝雪降不泛月

雪　雲明影不見　怯誰秘篭月皃底

215 浦近杵前冊波立冬来者花折物砥今習知塗

滝河起浪穿月丹　湖浦遍潮折星槍
應謂三冬無熱旱　九碧河降氣切若
霜之上丹跡蹈駐留濱道鳥往邊叢無砥浪将曽来留
冬月與希心猶冷　夜光細灼弄人嬾
御溝堤晴無宴鳥　南亭池澄不泛月
自木間吹来風丹散時者雪裳花砥曽見江惑介留
蘘萷枝招袖不見　黄林枯樹彫花多
雪生風羽徒扇宜　從年齢尽不知老

二十オ

217　216

218 雪之内野自三山許曾老者來礼頭之霜砥成緒先見与

雪裏三山首早白　鬢中六根老速皃

霜緑増白髭　鏡顔鹿栖怨來

219 降裳不敢銷南雪緒冬之日之花砥見礼早鳥之認覧

南山雪晴松栢緑　風枝往梅掷初霜

九天凍解月桂晴　天氣稍却早鳥趁

220 年月之雪降往者草裳木裳老許曾為良芝白見礼者

何處雪山經年緑　誰家人侶白頭君

二十ウ

每歲春齡往還違　終日年筭數不知

雲之上之(ノ)風也者繁杵白雪之枝(エダ)無(ナヤ)花砥(ハナト)許々良(ココラ)散覧(チル)

雪上早風白雪散(雲イ)　霜裏速氣柯花落

邊館寂寞戀春來　石泉荒涼候鄭改

花(ハナ)更(サラニ)毋散來(チリクト)砥而已(ノミ)見江鶴者降積(フリツム)雪之不消成介里(キエズナリケリ)

林中古館還將柯　止色無春　成綠

池裏凍景稍解散　水上萍葉々初萠

戀歌三十一首

一度裳戀芝砥思丹苦數者心曾千ゝ丹　倍良咸留

良君一覽何不丹　玉佩響留且不來

閨中單已愛君戀　女郎胸心府倆絕

君戀留淚之浦丹滿潮礼者身緒筑紫砥曾吾者成塗

積年戀慕何早速　終日泣淚誰千行

若君逢相雪傳者　余不惜難待覺却

獨寢屋門之自隙往月哉淚之岸丹景浮濫

荒涼宅屋無姦侶　粉黛懷來孀經營

二十一ウ

225　224　223

毳衣分散收人紅　涙鎮霑服不晞

戀侘沼景緒谷不見芝玉桂殊者根佐倍毌堀手捎店

戀思人何心府切　愁膓断誰且暫息

月桂常壮余鬚縩　鏡面鎮明侘自皷

後遂毌何為与砥欲玉桂戀為留屋門毌生増留藍

年国毌不駐沼物砥知留ミミイ

君去我留別離心　桂靨何年一往見

柳緑眉何時不還　使別撲悵前來

人見手念年事裳有物緒腊毌戀冒莽處無僞介留

二十二オ

西絶蕃兵本懸慇懃　何汝与我愁涙流

滴涙似鮫人眼玉　凝粉如鳳女顔眤

足千穂之祖裳都良芝那如此量思毋迷世毋駐低

千愁胸障足不駐　世怨心府速無量

愁霜残鬢侵素早　煙怨顔伴老速

人緒思涙芝無者唐衣胸之亘者色裳江那申

君思多我念不希　愁緒砕胸裏无断

愁涙眼前流不息　何日相逢尉良心

契蕪言緒曾都良牟織女之年丹一度逢者相韋

東嶺明月扒照盛　何織女相契一夜

相見逢語且達来　恨玄宗遠隔不見

吾戀者三山隠之草成哉繁佐増礼砥知人裳無杵

君行遥指千里程　我三山隔無知人

月光似鏡無照愁　寒氣如刀不切怨

思庭大虚障哉燃亘朝起雲緒烟庭為手

千公行遥景向雲　自逢別様久荒迷

二十三オ

233　232　231

二十三ウ

234

堤埋世路心府泥　烟霞大虚霧不見
不飽芝手君緒戀鶴涙許胄浮杵見沼箕手有亘却礼
怨府切盛未留愁　君思鶴戀阮飽足

235

箕婦眼涙溢不覺　僅逢相語且永契
無破胄寢手裳寤手裳戀良留々怨緒五十人槌遣手忌年
宵月輕往鷲單人　曉樓鐘響覺眠人

236

戀破心留五十人　相思相語幾數處
侘沼礼者謌手将忘砥思輛夢砥云物胄人恃目那留

荒室蜘綸人無桃　瑕閑薫内衾不収
戀佗寢夢魂不見　忌持人不愁
可銷忤命裳生八斗試年玉之緒量将逢云南
桓鎮玉八十年期　十六八年朝　何生命道猶長短
玉顔芳語佳似化　蘿眼雲袖襟無産
不飽芝手別芝初夜之涙河与砥芙裳無裳涌立心歟
不飽良君自別離　初夜涙河壊無留
良与我両袖染紅　怨散雲散雨流

二十四オ

239
無限深思緒忍礼者身緒殺毋裳不贓介留
無限思緒忍循發　身敎留且不憚
委羅衣何人共着　燈下抱手語聳耳

240
經年燃那留富士之山自者不飽沼思者吾曾増礼留
室堂經年獨簟巻　數多屏前單燈挑
終日嶺雪見暇閑　通夜池凍見無交

241
侘亘吾身之浦砥成礼丶者哉戀數人之頻波毋起
眼浦愁浪頻無駐　胸臆戀重侘不見

二十四ウ

吾身霜露光易散　他壽霞烟保不留

毋見芝人毋思緒屬染手心矜許曽下毋焦礼

任氏顔負宜　粉黛不眉似柳

朱砂不全脣如毋　心肝猶膩薫

夕三里夜於保呂毋人緒見手芝從天雲不晴心地許曽為礼

鴻鴈明失迴雲澌　人侶友別三里趣

蹭蹬曾羽客不逢　踟躊專魂魄不見

雖近人目緒護許呂者雲居遥氣杵身砥哉成南

二十五オ

道士手別却碧羅　蒼天霞凝袖不見
交情交涙更無那　去留雲居世上理

245
不飽而今朝之還道不覺心一緒置手來芝加者
四時輪春常少今　朝還道心不覺
百魁支分秋猶希　一緒置來算無知

246
天漢三尾而已増留早湍舟荏許冒壜敦袮袂之志加良三
漢天早湍無浮舟　生死瀑河不留人
嚬眉厭老終匠却　拍手歌漢月樂盡

白暮間満来潮之弥増丹思増鞆不飽君鉋
巹良羽衣獸鹿往　腰輕歩粟雲離別
啼號黄河求不聞　池前清水影不見

人之身丹秋哉立濫言之葉薄裳滋裳千丹移徙礼留
可憐人身千遷移　秋葉黄色無還期
思滋喜少人猶侘　玉匣花鈿妝不用

戀為礼者吾身曾影砥成丹介留佐利砥手人丹不添物故
客人負影　別往　此殷懃深心未尽

二十六オ

不添治物故更生　可惜黄葉且不来

250
逢事者雲之遥丹鳴雷之音丹聞筒戀亘鉇
逢匠別易朋友契　袖交手交語何忌
枕同臂擬心誰吟　遥聞雷闇疑友音

251
風吹者岑丹分留丶白雲之往還手裳逢砥曽思
顏影去行迴雲路　將逢見泊河遥遠
招手霞高不見分　併含茶蓼葉

252
袖裳無杵身砥哉可成戀歷筒淚丹腐手可弃藝礼者

暁鷹鏡何戀分影　暮抱鴦被似一身

戀涙我身霑袖腐　怨眉間扣人不知

戀侘(コヒワヒヌ)沼天河原(アマノカハラ)倍(ヘ)往(ユキ)手(テ)志(ミ)欤亘彦星(ワタルヒコホシ)逢砥(アフト)云成(イフナリ)

天河原往戀幾趣　無彦星鳴侘不報

男良逢時喜樂多　阿(何)婆毎日涙血飽(女別日涙餅)

女郎歌十二首　一本無女郎部以戀部為巻終

白露之置晨之女倍芝冊裳棄冊裳玉曾懸礼留

孔子仁息都山野　白露晨ミ睎玉裳

二十七オ

仙人　勢併林樹　晴霧暮〻懸羽衣
草隠礼秋過礼砥女倍芝匂故丹曽人丹見塗
女郎何果鄭草隠　候周忌秋人袖匂
終日秋野収黄色　通夕露孕染花皃
夕丹饒手今朝曽折靏女倍芝花丹懸礼留露丹奴礼簡
秋野草都号女郎　靏潤饒今朝増厲
風馥多今夕薫自　是野客千般喜
云丹見江牟事哉湯〻敷女部芝霧之笆丹立隠覧

二十七ウ

255　256　257

女芝露孕秘蘺前　江公位保翳侻數
秋風吹來將挑却　可惜草木且濫落
女倍芝移秋之程緒見手根障遷手冒折鶴
芽花与女郎交袂　煙霞相催草木宜

258

天都秋山野何怜　風露染千秋腸斷
秋之野緒皆歷知砥手少別册潤丙袂哉花砥見湯濫
是花中偏不愛郎　萬山都併花歷年
知竹芽芝労潤別　馥散野人醉

259

二十八オ

毎秋丹折行良咲砥女倍芝當日緒待乃名丹許佐里介礼

毎秋往良芝良折　當日相對猶不古
藝能敢取丹名礼　風秋往良芝良折

秋風丹吹過手來留女倍芝目庭不見砥風之頻礼留

秋風觸處露不閑　吹過浪花岸前飜
竹葉隱低自引盃　相說琴氏女宴盛

泛成砥名丹曾立塗女倍芝那砥秋露丹生添丹無

秋霧泛艷添丹生　名無成立曾無那

二十八ウ

池内水文水雨祭　霧中蘘併葉色薄

263
女倍芝往過手來秋風之日庭不見砥香許曾驗介礼
婆毋過年旧往來　庭前草香倍芝驗
秋風往山野寂寞　寒風來空堂閑箒

264
女倍芝之人哉見都濫三吉野之置白露之姿緒作礼留
姿人留見不待　花愛枝賞白露散
等觀茎翫心猶冷　俄喘怠紅色遷移

265
女倍芝此秋而已曾己贍杵緒玉砥貫手見江南

二十九オ

秋暮行草木寂寞　花宿白露無盛時
寒風俄来礼玉連　女郎何惜留花匂

266 荒金之土之下丹手歴芝物緒當日之占手丹逢女倍芝
貞女香含吐黄金　秋野行人服皆匂
芝草逢者奢侈花　擿柯取共不變

267 女倍芝秋之野風丹打靡杵心一緒誰丹寄濫
秋風花繁草木靡　誰許曾濫止野陵
濤奢風侈林不閑　雲悵霞凝池不明

268
乍技花秋風丹散沼鞆色緒原有那野之女倍芝
柯花候秋風分散　池色随超浪移落
花袖玉色易遷移　郁女時々来問

269
長宵緒誰待蕪女倍芝人待虫之毎技丹鳴
秋月宵長光猶冨　誰知九重似官量
蕪議天地陰陽氣　素髪何歳代来秋

270
秋之野緒定手人之不還祢者花之者不遺介里
秋野物色都恂怜　路頭遊客花色詠

三十ウ

山中狩人柯先吟　無遺花上蝶羽白

朗丹裳今朝者不見江哉女倍芝霧之籬丹立翳礼筒　271

月朗秋夕見何怜　早朝閑坐眺黄菊

霧帳月眉翳不明　風羽扇夕塵無晴

夕方之月人男女倍芝生砥裳野邊緒難過丹為　272

父女郎不見心焦　月男別徃伴難途

幼見野草与芝花　風秋催林隈物

女倍芝折野之郷緒秋來者花之影緒曾緞芦砥者世留　273

野草芳菲紅絲飛　鸖響雲館紫丹凝
來秋花影花盛宜　草木靡柯似儛袖
打數物緒思歟女倍芝世緒秋之風心倦介礼者
打數緒秋風収倦　世緒女郎負絶餞
芽野鳴鹿幾戀愛　林枝鳥旦餞
君丹依野邊緒離手女倍芝之心一丹秋緒認濫
爲君栽芝草之開　手堀池沼蓮穫匂
枝々處々玉盞泛　丹芝草見玉章美

三十一オ

女倍芝秋在名緒哉立沼濫置白露緒閨衣丹服手

良芝秋花寂勝宜　泣名衣潤野客

白露服複仙人押　手抱歌儛共莚宴

女倍芝折留手丹潤留白露者嫉花之涙成介里

花皃嬾秋風嫉音　人間中寒氣速

晴河洞中波起早　露白烟丹妬涙壱

露草丹潤曽保知筒花見砥不知山邊緒皆歴知丹杵

草露潤袖增秋往　山邊保花悠落惟

若逢真婦女郎者　可惜生死遥別行

新撰萬葉集巻下

新撰萬葉集

以詩讀歌号管家萬葉集菅家撰也二巻書

也序曰寛平五載秋九月二十五日下巻延

喜十三年八月二十一日 云云 是[illegible]人撰也

或説源相公説 云云 如何

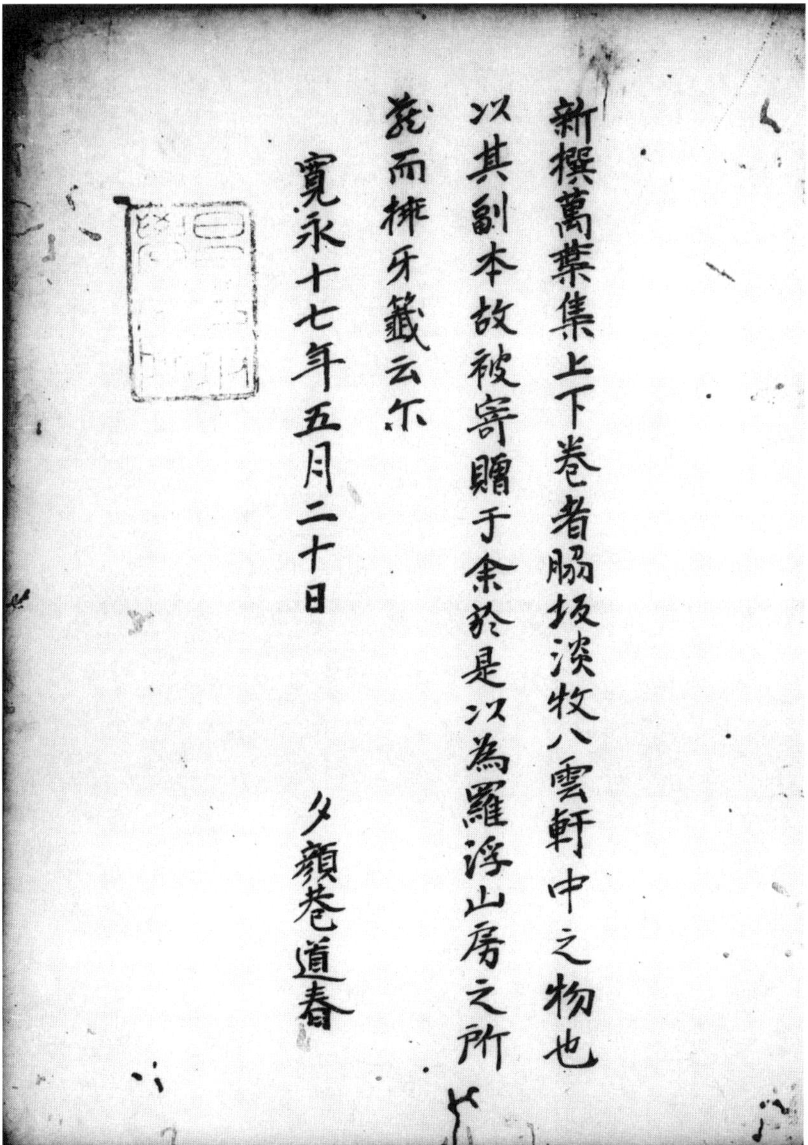

新撰萬葉集上下巻者脇坂淡牧八雲軒中之物也
以其副本故被寄贈于余於是以為羅浮山房之所
蔵而挿牙籤云尓
寛永十七年五月二十日
夕顔巷道春

裏表紙見返

僕
贅
新撰萬葉集
上
又號菅家萬葉集

此歌撰は万葉集はかくれなかりしちに
小野の侍従といふ人の間よましゝて朝廷よ
りうけたまはりて時の万葉集を校へて撰
ひたてまつられけるとぞみえて菅家
万葉集と家集ともなづけり万葉集は古万葉集とよ
ぶとかや新撰にてはこれをはぶきていふなり。
序にかゝげたまへるごとく寛平五年より
さきにかの文にも人々をはなち給へるを撰ず

中に。就此傳ちうつそうれ々ん哉ん。は方ちは
上とし。各の其巻下として。ふつうにせり
ためしあり。二百有首とはいへど。今かぞふるに
二百五十二首あれど。下巻もに。四季恋雑の
和歌をそれぞれに添へたることのかずにてならべし。
三百あまり首かくは侍るく写してあやまれるにや。
又此中の哥は古今集後撰集などに見えたる
のみにて他家の合せの歌少て入られたるにや。

おぼつかなし此集の名を按に見へしたらば勅撰
ならば拾遺集にたがひ侍てしほどに撰られしと
いはる一とて菅家万葉集中歌どもて載させ
るゝまゝへるになし。ひたるは末の集よりもまで載られ
まさに於ては順（したがふ）の和名抄に世末篇などいふ
文字を用ゐさせ給へる歌どもの所々に引て
詞ども残れり。古今六帖にも此中のうたいとあまたは
見えく、かまへは千五百番歌合に秋此らり俊成卿

摂政家乃判を仰たまへるに。詞などもて判
詞にかへさせし侍るは。かゝる例は此集にも見ゆるを
そのはじめにあり。又下巻の初めに。延喜十三年八月
廿一日謹進といへる序なりけれど。つらゆき紀の
なれど。新撰は猶のこれる物にもしるせるあれど
いろにもあれ。若しやならむとも侍らしとくへし。
又下巻の末に女郎花の廿五首あるか。ちの
おのゝく後をつかうまつれるにやなるかなとも

後の人みそこなはれんぢはべてつくろひなどし。
烏（からす）を鳥（とり）とし。午（うま）を牛（うし）とするたぐひにや。ことはも
語ことごとくかはしたゞしかたはしはしをわきま
へおこれへるかならぬ。文字あやまれるところを
も文下せる序なし。やりとりの古今ひとわ
赤の末ふで文和名鈔帳などかずぞへれくは
おのが思ひよわるすふでらみと乃方をなぐさめ
してかたてまつるなばらる湯許に奉りし

かくれぬ花の下の心にかなひ奉りて尋ねらるゝこと
も侍しにありへくるおもふあるし思ひしも尤ある也
そも此比宮しくをもしるし府の殿下より
此序は烏丸の大納言光広卿の奥書にて
之を賜へりしところ〳〵かれこれ見合せるに
くさきあるが歴桐の浅きて序をはなれる
教しむるしきく優遊して桃李乃枝を
物よせてしめたらめとなぞらふるになれりぬ。

さぞなむかし将帥もひとしく酒を得てはうかれや
いふべかりけむ。簞醴を得てはほこらしき
らばそのあぢはひまさりて飲むこそ志を感じて気
人となるべしや。いかならむや今ぞみれ浅深はらし
ふけさる好事の人やあらそひてむさむの瓮
ここなりけれのくそも味ありて飽むとし桃李
おほくあるさも附てしはべらむとあつかひ
きこゆべし。

新撰万葉集新序

契沖序四ウ

新撰萬葉集巻之上

夫萬葉集者古歌之流也。非未嘗稱警策之名焉。況復不屑鄭衛之音乎。聞說古者飛文染翰之士。興詠吟嘯之客。青春之時。玄冬之節。隨見而興既作。觸聆而感自生。凡厥所草稿不知幾千。漸尋筆墨之跡。文句錯亂。非詩非賦。字對雜糅。
難入難悟。所謂仰弥高。鑽弥堅者
乎。然而有意者進。無智者退而已。
於是奉綸綍。綜緝之外。更在人口
盡以撰集。成數十卷。装其要妙。韞
匵待價。唯媿非凡眼之所可及。當
今寛平聖主。萬機餘暇。舉宮而方
有事合歌。後進之詞人。近習之才

子。各獻四時之歌。初成九重之宴。
又有餘興同加戀思之二詠。倩見
歌體雖誠見古知今而以今比古
新作花也。舊製實也。以花比實令
人情彩剪錦。多述可憐之句。古人
心緒織素。少綴不憖之艷。仍左右
上下兩軸。摠三百有首。号曰新撰
萬葉集。先生非啻賞倭歌之佳麗

兼亦綴一絶之詩插▲數首之左庶
幾使家々好事常有梁塵之動處
々遊客鎮作行雲之過于時寛平
五載秋九月廿五月。偸盡前世之
美而解後世之顧云爾。

▲數首未詳案毎与數草相似原本草字毎首寫者誤為數遂轉真乎

新古今集春上
寛平御時后宮哥
合哥　伊勢
水のおもに　はるさ
めや　伊勢家集同
類字名所撰　統別
水のおもにあや吹る
はる風や山のおもを
なへてそむらむ
古今集春上
寛平御時后宮哥
合哥　素性
六帖第六梅

新撰萬葉集巻之上

春歌廿一首

水之上丹文織紊春之雨哉山之緑緒那倍手染濫

春來天氣有何力　細雨濛々水面縠　六帖下同
忽望遲々暖日中　山河物色染深緑

散砥見手可有物緒梅之花別様匂之袖丹駐礼留

春風觸處物皆樂　上苑梅花開也落
淑女偸攀堪作簪　幾香匂袖拂難卻

拾遺集春
菅家万葉集中
六帖第五ニ入
和名第十五工匠具
鍬下云新撰万葉
集用鍦字云々
万葉集第七亦用之

古今春下 寛平
御時后宮歌合歌
素性 花の木も
拾遺雑春 読人不
知 かつ見てもさちらくは
うちきてみん
六帖第六の花 素性
花の木も あさ花
かく

拾遺雑春
菅原輔昭
浦人ハ霞を網にかくとよ
むすべハや波の花を
とめてひくらん

3 淺緑野邊之霞者裹鞆己保禮手匂布花櫻鉇
（アサミトリノヘノカスミハツヽメトモコホレテニホフハナサクラカナ）

緑色淺深野外盈　雲霞片々錦帷成

殘嵐輕軟千匂散　自此櫻花傷客情

4 花之樹者今者不掘殖立春者移徙色丹人習藝里
（ハナノキハイマハホリウヱシハルタテハウツロフイロニヒトナラヒケリ）

花樹栽來幾適情　立春遊客愛林亭

西施潘岳情千萬　雨意如花尚似輕

5 春霞網丹張牢花散者可移徙鶯將駐
（ハルカスミアミニハリコメハナチラハウツロヒヌヘキウクヒストヽメム）
（ウツロヒヌヘシ 夫木）

春嶺霞低繡幕張　百花零處似燒香

新撰万葉集巻上

一ウ

古今春上　寛平
御時后宮歌合之歌　紀友則
たくへてそ
運字未詳匪歌

続千載集春上
わか菜をよめる　藤原為氏
おしなへていさ春の
野にも人もありやと
六帖第二春野

後撰集春上　寛平
御時后宮歌合歌　読人不知
六帖第一春風

艶陽氣若有留術　無惜鶯聲與暮芳

6 花之香緒風之便丹交倍手鶯倡指南庭遣

頻遣花香遠近賒　家々處々運中加

黄鶯出谷無媒介　唯可梅風爲指車

7 駒那倍手月裳春之野丹交南若菜摘久留人裳有哉砥

綿々曠野策驢行　目見山花耳聽鶯

駒犢纍々趁苜蓿　春孃採蕨又盈囊

8 吹風哉春立來沼砥告貫牟枝丹窂禮留花拆丹藝里

六帖第一霞
拾遺三 読人不知
まき向のひはらにたてる春霞
かへりてくるとみえぬはるかな
あくらぬまつかな

古今春上 寛平
御時后宮歌合ニ
在原棟梁
うくひすそなく

豐旅警節早來　梅柳初萌自欲開
上苑百花今已富　風光處處此傷哉
真木牟具之月原之霞立還見鞆花丹被驚筒
倩見天隅千片霞　宛如萬朶滿園奢
遊人記取圖屏障　想像桃源兩岸斜
春立砥花裳不匂山里者懶軋聲丹鶯哉鳴
雖春立
墝埆幽亭豈識春　不毛絶域又無匂
花貧樹少鶯慵轉　本自山人意未申

古今春上　寛平
御時后宮の歌合歌
　読人不知
かたみならまし

古今春下　読不知
読人不知
たろう
郁子　和名第十
七菓類云本草云
郁子一名棣和名
牟閉云々

古今春下　寛平
御時后宮の歌合歌
　藤原興風

梅之香緒袖丹写手駐手者春者過鞆片身砥将思
　無限遊人愛早梅
　自攀自翫堪移袂
　蒼々樹々傍籬栽
　惜矣三春不再来

鶯者郁子牟鳴濫花櫻拆砥見芝間丹且散丹藝里
　誰道春天日此長
　高低鶯囀林頭聒
　櫻花早綻不留香
　恨使良辰独有量

春霞色之千種丹見鶴者棚曳山之花之景鴨
　霞光片々錦千端
　未辨名花五彩斑

三オ

酔字上脱手字歟
下巻十一葉有之
又万葉集第九手酬
草たむけくさ
[illegible]

[illegible]
読人不知

14 春霞起手雲路丹鳴還雁之酔砥花之散鴨

遊客廻眸猶誤道　應斯丹穴聚鵷鸞

霞天歸雁翼遙匕　雲路成行文字昭

若汝花時知去意　三秋係礼早應朝

15 霞立春之山邊者遠藝礼砥吹來風者花之香曾爲

花匕數種一時開　芬馥從風遠近來

嶺上花繁霞泛灎　可憐百感毎春催

16 霞起春之山邊丹開花緒不飽散砥哉鶯之鳴

は撰[illegible]
[illegible]
[illegible]
[illegible]
[illegible]
ゆく

新勅撰第一春下
寛平御時后宮歌合　讀人しらす
[illegible]
[illegible]
[illegible]
將惜とかれても
[illegible]將
の字衍文なるか
[illegible]

霞彩斑［ト］五色鮮［ナリ］　山桃灼［ト］自然燃［ユ］
鶯聲緩急驚人聽　應是年光趁易遷
鶯之破手羽裛櫻花思限無早裳散鉇
紅櫻本自作鶯栖　高翥華閑終日啼
獨向風前傷幾許　芬芳零處徑應迷
乍春年者暮南散花緒將惜砥哉許々良鶯之鳴
縱使三春良久留　雖希風景此誰憂
上林花下匂皆盡　遊客鶯兒痛未休

万葉集に思ふおほくは略
してかくのごとくなるべしやう
なり然るに不有芝輌
倍者とかゝせたまへる
こと不有はあらねど
しるしへるはあしと
よみたまへる也さるを芝
の字を加へしはかかる下
にありてあらねを不知
給とかゝせたまへる
し國史乃宣命なと
にも此例ありし思ふ
字はなくともあり
あしくともいはあり
しとおもへりそれを
あやまりとおもひさせ
たまひしてなるべし

右ともに宮此
本は誤かかれたるよ
めり　真淵
巻ニまた

19 如此時不有芝輛思倍者一年緒摠手野春丹成由裳鍦

偸見年前風月奇　可憐三百六旬期
春夫多感招遊客　携手携觴送一時

20 鶯之陬之花哉散沼濫侘敷音丹折蠅手鳴

殘春欲盡百花貧　寂寞林亭鶯囀頻
放眼雲端心尚冷　従斯處々樹陰新

21 春來者花砥哉見濫白雪之懸礼留柯丹鶯之鳴

嗤見發春帶雪枝　黄鶯出谷始馴時

古今恋四　寛平御時
后宮の歌合　友則
ならんとおもへは
家集古今に同し
六帖第六蟬　きうん
ともしむ
将成ちかへるをれ
の字なちろうれ

六帖第一夏月
よれやれくらと
樂天句云月照平
沙夏夜霜

初花初鳥皆堪翫　自此春情可得知

夏歌廿一首

蟬之音聞者哀那夏衣薄哉人之成砥思者

嘒々蟬聲入耳悲　不知齊后化何時

絺衣初製幾千襲　咲殺伶倫竹與絲

夏之夜之霜哉降禮留砥見左右丹荒埀宿緒照月影

夜月凝來夏見霜　姮娥觸處翫清光

荒涼院裏終霄讌　白兎千群入幾堂

五オ

古今夏　寛平御時后宮歌合　友則
友則家集
六帖第六郭公

古今恋二　寛平御時后宮歌合　友則
友則家集
六帖第六夏虫　古今
よひのまも

古今夏　寛平御時后宮歌合　貫之
六帖第六郭公

24 沙亂丹物思居者郭公鳥夜深鳴手五十人槌往濫

蕤賓怨婦兩眉低　耿々閨中待曉鷄

粉黛壞來收涙處　郭公夜々百般啼

25 初夜之閑裳華處無見湯留夏虫丹迷増礼留戀裳爲鉇

好女係心夜不眠　終宵臥起涙連々

贈花贈札迷情切　其奈遊蟲入夏燃

26 夏之夜之臥歟砥爲札者郭公鳴人音丹明留篠之月

月長夜短懶晨興　夏漏遲明聽郭公

躬恒家集
[illegible]
[illegible]
[illegible]

古今ノ夏　寛平御時
后宮歌合にも　忠岑
六帖第六郭公

嘯取詞人偸柔筆　文章氣味與春同

五十人沓夏鳴還濫足彈之山郭公老年不死手

夏枕驚眠有妬聲　郭公夜叫忽過庭

一畄一厺傷人意　珍重今年報舊鳴

蕤賓俟野邊之側之菖蒲草香緒不飽砥哉鶴歟音爲

菖蒲一種滿洲中　五月尤繁魚鼈通

盛夏芬々漁父翫　栖來鶴翔叫無窮

暮歟砥見礼者明塗夏之夜緒不飽砥哉鳴山郭公

27　28　29

くりていふはかねくと
も百舌鳥なり
うつかね物沢おふの使
なりやとらひとちをを
かろれりすゐいゐれ
年もあしる
ね忠家集中所なきろ
ほとゝぎすなひてけ
らと里とつゝいるの分
をかりてけへき物を
見らく家集 わる
くるゆらへ
六帖第一菖蒲同人
いくよのさつきにきる
くろへて

難暮易明五月時　郭公緩叫又高飛
一宵鐘漏盡尤早　想像閨筵怨婦悲

郭公鳴立春之山邊庭皆直不輸人哉住濫
（夏イ）

山下夏來何事悲　郭公處々數鳴時
幽人聽取堪憐翫　況復家々音不希

菖蒲草五十人沓之五月逢沼濫每來年稚見湯礼者

新朗詠上

五月菖蒲素得名　每逢五月是成靈
年々服者齡還幼　鶣鵲嘗來味尚平

古今之 読不知 読人不知

古今之 ほとゝきす なかなく里のあまたあれは猶うとまれぬおもふものから
後撰云 うとまるゝ心なくは郭公あかぬ別れもはかなかるまし

32 去年之夏鳴舊手芝郭公鳥其與不與音之不變沼

去歳今年不變何　郭公曉枕駐聲迺
窓閉側耳憐聞處　遮莫殘鶯舌尚多

33 踈見筒駐牟留鄉之無禮早山郭公浮宕手者鳴

郭公一叫誤聞情　怨女偸聞惡聞聲
飛去飛來無定處　或南或北歳門庭（未詳）

34 蛻蟬之侘敷物者夏草之露丹懸禮留身丹許曾阿里藝禮

蟬人運命惣相同　含露殉飡暫養躬

三夏優遊林樹裡　四時喘息此寰中

古今恋二 寛平御時后宮歌合歌 友則
六帖第六 螢 友則集

35 夕去者自螢異丹燃禮鞆光不見早人之都禮無杵

怨深喜淺此閨情　夏夜胸燃不異螢
書信休來年月暮　千般其奈望門庭

古今夏 寛平御時后宮歌合歌
紀秋峯

36 夏山丹戀敷人哉入丹兼音振立手鳴郭公鳥

一夏山中驚耳根　郭公高響入禪門
適逢知己相憐處　恨有清談無酒罇

新拾遺集夏 寛平御時后宮歌合歌
よみ人しらず
六帖第一 夏の風 松風

37 琴之聲丹響通倍留松風緒調店鳴蟬之音鉇

夫木第廿三
懐中
さのミこそこゑもをしまめ
人めなきやまほとゝきすなれ
ちかくやとるのおもかな

古今夏　寛平御時
后宮の哥合歌　友則

後撰夏　読人不知
うつくしとすれもなき
此撰するに禮ハ
禰をと宿しあやまれ
るなれ葬の字の下ハ
所乃字あるへし

邑郎死後罷琴聲　可賞松蟬雨混弁
一曲彈來千緒亂　萬端調處八音清
夜哉暗杵道哉迷倍留郭公鳥吾屋門緒霜難過丹鳴
月入西嵫杳冥霄　郭公五夜叫飄颻
夏夫處處多稀亂　曉牖家乙音不遥
都禮裳無杵夏之草葉丹置露緒命砥恃蟬之葬無佐
鳴蟬中夏汝如何　草露作飡樹作家
響處多疑琴瑟曲　遊時最似錦綾窠

八オ

新勅撰恋二 [illegible]
[illegible]歌
読人不知
和名抄第十二燈火部云
蚊火 新撰万葉集
歌云蚊遣火 云々

夏草之繁杵思者蚊遣火之下丹而已許曽燃亘藝禮

一生念愁暫無休　刃火如炎不可留
難纊塞來斯盛夏　許由洗耳永離憂

40

古今夏 郭公ー
よみ人しらず

誰里丹夜避緒為手鹿郭公鳥只於是霜寝垂音為

郭公本自意浮華　四遠無栖汝最奢
性似蕭郎含女怨　操如蕩子尚迷他

41

新拾遺夏
[illegible]
よみ人しらず

人不識沼思哉繁杵郭公鳥夏之夜緒霜鳴明濫

三夏鳴禽号郭公　從來狎媚叫房櫳

42

古今雜躰　寛平ま
御時后宮歌合の
在原むねやな　て
つゞさせてふ
六帖第六ニは　句
知古今

後撰秋中　延喜の
御時うためしけれは
文屋朝康

一聲觸處萬恨苦　造化功尤任汝躬

秋歌三十六首

秋風丹綻沼良芝藤袴綴刺世砥手蟄鳴

商颷颯颯葉輕輕　壁蟄流音數處鳴

朗詠秋

白露丹風之吹敷秋之野者貫不駐沼玉曽散藝留

曉露鹿鳴花始發　百般攀折一枝情

秋風扇處物皆奇　白露繽紛亂玉飛

好夜月來添助潤　嫌朝月往望爲晞（將イ）

九オ

古今秋上　寛平御時
后宮歌合歌　未詳
あはれとやおもふらむ
六帖第六なきて
はまれとはれり云

古今秋上　是貞親王
家ノ歌合歌　紀友則
りりかかうよのそきく
ゆるす　友則集同

古今秋上　既不知
小野美材　おほかる
のへに　六帖第六
女郎花如古今
和名第廿云新撰
万葉集云女郎花

吾而已哉憐砥思蛬鳴暮景之倭瞿麥

秋來曉暮報吾聲　蟋蟀高低壁下鳴
耿耿長宵驚睡處　誰言愛汝最丁寧

九ウ

秋風丹鳴鴈歟聲曾響成誰歟玉梓緒懸手來都濫

聽得歸鴻雲裏聲　千般珍重遠方情
繫書入手開緘處　錦字一行淚數行

女倍芝之匂倍留野邊丹宿勢者無綾泛之名緒哉立南

女郎花野宿羈夫　不許繁花負万區

倭歌云女倍芝云云
新勅撰秋下　定家
以時后ゟ天ゟゟ哥秋
よみ人しられ
新勅撰秋上　読人不知
須人不知　杉りくさ
をいえ乃
和名第廿鹿鳴草
條下云辨色立成新
撰万葉集等用芽
字唐韻芽音胡
誤及草名也云て
六帖第六をミなへし
はぎおみなへし
きりぐ゛りす

漁子從來無定意　未嘗苦有得羅數

48 秋之夜之天照月之光丹者置白露緒玉砥許曾見禮

秋天明月照無私　白露庭前似亂璣

下氏將來應布地　四知廉正豈無知

49 白露之織足須芽之下黄葉衣丹還秋者來藝里

秋草一種最須憐　半萼殷紅半萼還

落葉風前碎錦播　垂枝雨後亂絲牽

50 鴈歟聲之羽風緒寒美促織之管子纏音之切切砥爲

十オ

反撰秋下 寛平御時
后宮ニ哥合ニ 在原
棟梁 以下わろみ穴
和名第廿云爾雅云草
聚生曰薄 細注云新
撰万葉集和歌云花
薄波奈須ゝ木 云ゝ
詩云豈曰無衣又云九
月授衣
古今秋上 寛平御時
后宮歌合之 棟梁
日本紀廿五孝徳紀云
三河大伴直蘆
人のみなわすき
と注せり
本草云破蘆 芒六
蘆ニ同しすゝきあり
今人のざるてすゝきへ

爽候催來雨事悲　秋鴻鼓翼與蟲機
含毫朗詠依人處　專夜閑居賞一時
花薄曾與蘭爲禮者秋風之吹歟砧曾聞無衣身者
蘆花月月得風鳴　更訝金商入律聲
從此擣衣砧響聒　千家裁縫婦功成
龝之野野草之袂歟花薄穗丹出手招袖砧見湯濫
秌日遊人愛遠方　逍遙埜外見蘆芒
白花搖動似招袖　疑是鄭生任氏芳

古今秋下　寛平御時后宮歌合之歌　読人不知

不散鞆兼手曾惜敷黄葉者今者限之色砥見都例者

野樹斑紅錦装　惜來爽候欲闌光
年前黄葉再難得　争使涼風莫吹傷

53

新古今秋下　紀友則　読人不知

鴈之聲者凧丹競手過禮鞆吾與待人之言傳裳無

秋鴈雖叫半天　雲中見月素驚弦
微禽汝有知來意　問道丁寧早可傳

54

和名十九云兼名苑云寒蜩一名寒螿音將名蠬音寵加々世美似蟬而小青赤月令曰寒蟬鳴是也

秌之蟬寒音丹曾聞湯那畱木生葉之衣緒凧哉脱鶴

寒螿乱響音搃秋林　黄葉飄々混數音

55

十一オ

は撫秋下　ひくらしに
みる秋の山へをとく
くれはおもはぬ錦を
きれへるかな

古今秋下　是貞のみこ
の家の哥合の哥
よみ人しらす

又古今秋上二枝ニ寛平
御時后宮の哥合よみ人
しらす　はつかりの
おとろく秋のよはさ

一二流聞邑子瑟　閨中自此忠沈

月夕芝丹秋之野山緒別來者不意沼錦緒曾服

終月遊人入野山　紛葉錦衣炙

登峯望磴同胖切　石硯濡毫欒萬端

奥山丹黄葉蹈別鳴麋之音聽時曾秋者金敷

秋山宗葉零　麋鹿鳴音數處聆

勝地尋來遊宴處　無朋無酒意猶冷

雁之聲丹管子纏於砧之夜緒寒美虫之織服衣緒曾假

56 57 58

寛平后時后宮歌合歌
藤原菅根

寛平后時后宮歌合
歌人不知
可為死ハ死ぬへき

鳴雁鳴蟲一一清　秋花秋葉斑々聲

誰知兩與無飽足　山室沈吟獨作情

秋風丹音緒帆舉手來船者天之外亘鴈丹曾阿里藝留

唳々秋雁亂碧空　濤音櫓響相同

羈人舉棹歌處　海上悠々四遠通

秋山丹戀為麋之音立手鳴曾可為死君歟不來夜者

獨臥多年婦意睽　秋閨帳裏舉音啼

生前不幸希恩愛　願教蕭郎枉馬蹄

十二オ

新勅撰秋下　寛平
寛平御時后宮歌合に[illegible]
[illegible]

続古今巻五　[illegible]
[illegible]

続千載秋下　[illegible]
[illegible]

後撰秋上　[illegible]
[illegible]

61
唐衣(カラコロモ)乾(ホセ)鞆(トモ)袖之(ソテノ)燥(カハカ)沼者(ヌハ)吾身之(ワカミノ)秋丹(アキニ)成者(ナレハ)成藝里(ナリケリ)

曩時恩(ソノカミノ)幸(ノ)絶(テ)今悲(シブ)
雙袖雙眸雨不晞(ナカラ)

露(イ)

62
秋之月(アキノツキ)叢(クサ)斧(ムラ)栖(ヨキ)照(テラセ)勢(ル)留者(ハ)宿(ヤドル)露(ツユ)佐倍(サヘ)玉(タマ)砥(ト)見湯濫(ミユラム)

戸牖荒涼蓬草亂(ル)　華(イ)非(イ)
毎秋鎭待(ツ)雁書遲(ノキラ)

秋月玲瓏(トシ)不別叢(タ)　者(イ)哉(イ)
叢閒(ノ)白露與珠同(シ)　ヲ月用之

63
平(ニハカ)爾(ニ)裳(モ)風之(カセノ)涼(スヽシク)吹(フキ)塗(ヌル)鹿(カ)立(アキタツ)秋(ヒ)月(トハ)砥(カ)者(ム)郁(ヘ)子(モ)裳(イヒ)云(ケ)藝里(リ)

終宵對翫(シテ)凝(スヲ)思(ヲ)處
一段清光照莫窮(スコシヘリ)

新朗詠上
涼風急(ニ)扇(テ)物先哀(ツ)(シブ)
應是爲秋氣早來(シレ)(ナル)(ノク)(ルカ)

十二ウ

古今秋上　是貞のみ
この家の哥合によめる
敏行　[illegible]
今やなくらむ　六帖
第六秋萩　古今と
同し　敏行家集
[illegible]鹿も

は撰秋上　是貞のみこ
の家の哥合に　壬生
忠岑　秋はくるし
同集秋下　読人不知
風の[illegible]秋
[illegible]
[illegible]
捨きし物名にくし
[illegible]
[illegible]
[illegible]
古今秋下　是貞の
みこの家の哥合によ

壁蛬家ヒ音始亂テル　叢草處ヒ聲初闌テノ

秋萩之花開丹藝里高猿子之尾上丹今哉麝之鳴濫

三秋有榮号草花　麝子鳴時此草奢

雨後紅匂千度染　風前金色自然多

松之聲緒風之調丹任手者龍田姫子曽秋者彈良咩

翠嶺松聲似雅琴　秋風和處聽徽音

伯牙輟手幾千歳　想像古調在此林

白露之色者一緒何丹為手秋之山邊緒千丹染濫

十三オ

めり
六帖第一霧　敏行
古今秋下　是貞親王家
うた合　後撰　読人不知
さほ山の　友則家集
同く
六帖第六秋　たつた
ひめしらん　さほ山の
よそにてもみむ
古今秋下　是貞親王家
うた合によめる　たゝね
もみちて

白露從來莫染功　何因卅木葉先紅
三秋垂暮趁看處　山野斑々物色忽

秋霧者今朝者那起曾龍田山婆婆曾之黄葉與曾丹店將見
山谷幽閑秋霧深　朝陽不見幾千尋
杳冥若有天容出　霽後偸看錦葉林

雨降者笠取山之秋色者往買人之袖佐倍曾照
名山秋色錦斑々　落葉繽紛客袖爛
終月回眸無倦意　一時風景誰人訕

古今秋上　是貞親王
家の歌合によめる敏行
よみ人しらず

何人鹿來手脫係之藤袴秋每來野邊緒匂婆須

秋來野外莫人家　藤袴締懸玉樹柯
借問遊仙何處在　誰知我乘指南車

69

後撰秋下　読しらず
紀友則ありけるを
[illegible]
友則家集には撰
者としるし

音立手鳴曾可爲岐秋之野丹朋迷勢留虫庭不有砥

愁人慟哭類虫聲　落淚千行意不平
枯槁形容何日改　通宵抱膝百憂成

70

古今秋下　是貞親
王家歌合によめる忠岑
六帖第五錦并忠岑
家集にみゆるは

甘南備之御室之山緒秋往者錦裁服許巳知許曾爲禮

試入秋山遊覽時　自然錦繡換單衣

71

後撰秋中　読不知
なにしおはゞしひてたのまん女郎花
人の心に秋はくるとも
新勅撰秋上　兼京
万葉集ニ有　読人
不知　自ら後撰同

後撰秋上　是貞
たなばたのかへるあしたの
天の川舟もかよはぬ
浪もたゝなん

装新服風前艶　咲殺如怵鳳羽儀
名西負者強手將侍女倍芝人之心丹秋這（未詳）來輙
秋嶺有花号女郎　野庭得所汝孤兇
追名遊客猶尋到　本自慇懃子尚強

秋凬之吹立沼禮者蛬己歟綴屈木之葉緒曾刺
秋風觸處蛬鳴寒　木葉零惟衣一單
夜愁音侵客耳　朝餘響滿庭壇

希丹來手不飽別留織女者可立還波路無唐（岐イ）南

74　73　72

古今秋下　是貞親王
家の歌合　忠岑
古今一本狀のかかい
かな　ちるらん忠岑
とも　和名十八云
万葉集云稲負
鳥　万葉集よめり
若新撰二字よめり
らるれ鳥の躰なよ
もろしかるらし

七夕佳期易別時　一年再會此猶悲
千般怨殺鵲橋畔　誰識二星涙未晞

山田守秋之假廬丹置露者稲負鳥之涙那留部芝

稼田上〻此秋登　秔稲青〻九穂同
鼓腹尭年今亦鼓　農夫扣角舊謳通

秋之野之千種之匂吾而已者見砥價無獨砥思者

野外千匂秋始裝　鳳前獨坐翫芬芳
回眸感嘆無知己　終日貪來對艶昌

十五オ

[illegible]

77 夜緒寒美衣借金鳴苗丹芽之下葉裳移徙丹藝里

寒露初降秋夜冷　芽花艶葉零

雁音頻叫聊蘆處　幽感相干傾緑醽

78 言之葉緒可恃八者秋來者五十人禮歟色之不變藝留

秋來變改併依人　草木榮枯此尚均

昨日怨言今日否　愧來世上背吾身

冬歌二十一首

79 掘手置芝池者鏡砥凍禮鞆影谷不見手年曾歷藝留

[illegible]

古今第六 寛平御時
后宮歌合　友則
[illegible]

[illegible]

眼前貯水号瑤池　手漑手穿送歳時

冬至毎朝凍作鏡　春來終日浪成漪

小竹之葉丹置自霜裳獨寢留吾衣許曽冷増藝禮

玄冬季月景猶寒　露往霜來被似單

松栢凋殘枝惨冽　竹叢變色欲枯殫

光俟柯丹懸禮留雪緒許曽冬之花砥者可謂狩藝禮

三冬柯雪忽驚眸　嘆殺非時見御溝

柳絮梅花兼記取　矜如春日入林頭

十六オ

後撰冬　読不知
読人不知　白雪の
きしぬかきりは花と
こそ見れ
兼盛家集　年を
へておもつきへさらぬ
なかきたまのつゆを
やとひてしみれ

後撰冬　読不知　読
人不知かきくらし
あられふりしけ白玉
を　人のみるへく
六帖第一　霰　かきく
らし　以下後撰
とおなし

霜枯之枝砥那侘曾白雪緒花砥雇手見砥不被飽
試望三冬見玉塵　花林假翫數花新
終朝惜殺須臾艶　月午寒條蘂尚貧
82

攪崩芝雹降積咩白玉之鋪留墀鞆人者見蟹
冬天下雹玉墀新　潔白鋪來不見塵
千顆瑠璃多誤月　可憐素色滿清晨
83

冬寒美簷丹懸垂益鏡迅裳破南可老迷久
冬來氷鏡據簷懸　一旦趂看未破前
84

古と龍上　寛平御時
后宮歌合ニ　抹梁
かへるしくと

に按ぬ　松乃をま
うねの雪のうねをさ
くるそのみとはつよ
へるをなき

嫗女頭臨無粉黛　老來鬢集幾迴年

85 白雪之八重降敷留還山還々曾老丹藝留鉇（有疑）

白雪于頭八十翁　誰知屈指歳猶豊

星霜如箭屈諸積　獨出人寰欲數冬

86 冬成者雪降積留高杵嶺立白雲丹見江亘濫

冬嶺殘雪舉眸看　再三嗟來數定紈

未辨白雲晴後聳　每朝尋到望山巓

87 松之葉丹宿留雪者四十人丹芝之手時迷勢留老舐許曾見礼

十七オ

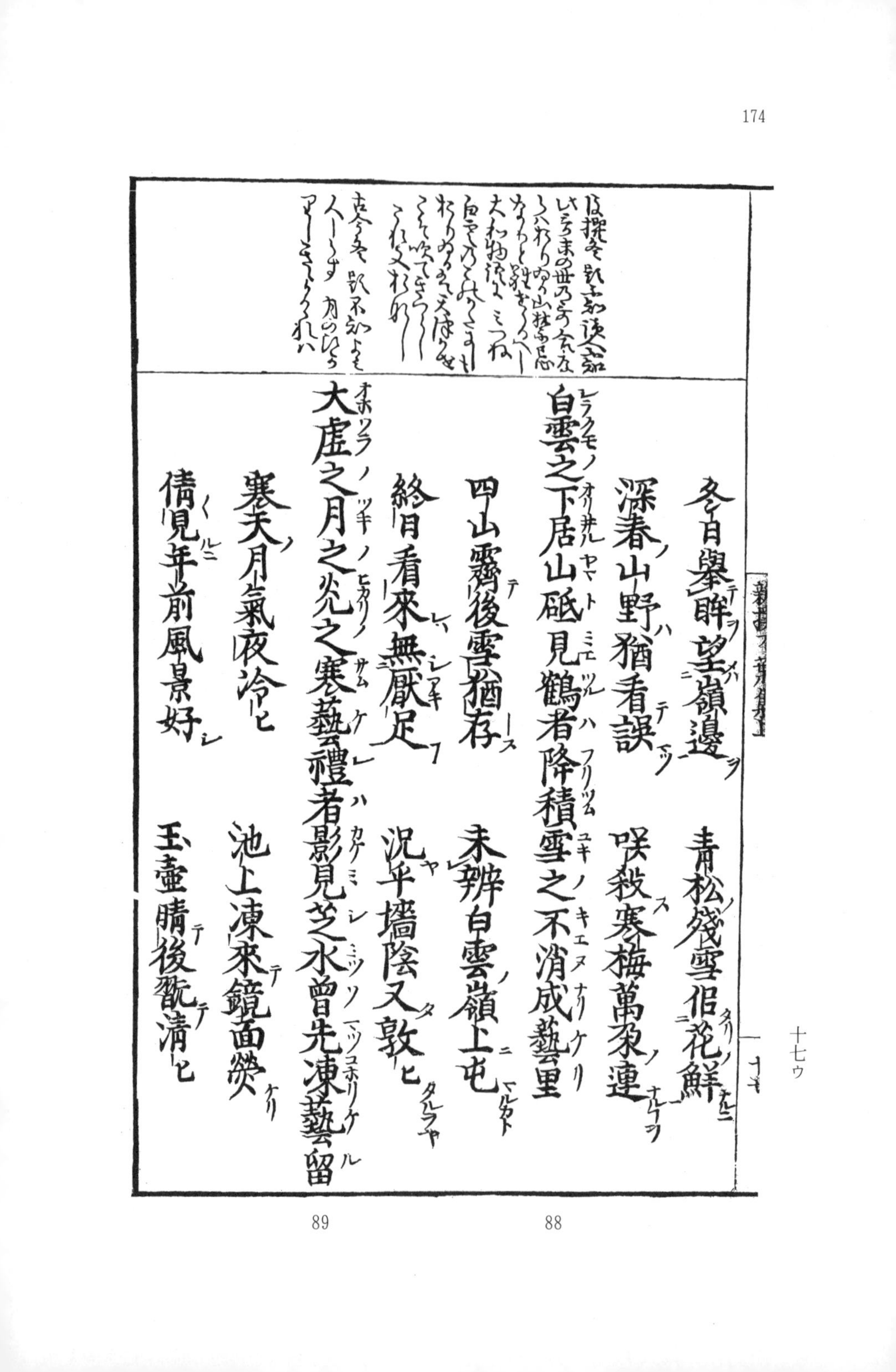

後撰冬　読人不知
[illegible]
大和物語　ミつね
[illegible]
古今冬　読人不知
[illegible]

冬日擧眸望嶺邊　青松殘雪似花鮮
深春山野猶看誤　咲殺寒梅萬朶連
白雲之下居山砥見鶴者降積雪之不消成藝里
四山霽後雪猶存　未辨白雲嶺上屯
終日看來無厭足　況乎墻陰又敦

大虚之月之光之寒藝禮者影見芝水曾先凍藝留
寒天月氣夜冷　池上凍來鏡面瑩
倩見年前風景好　玉壺晴後瀫清

十七ウ

古今六　寛平御時后宮歌合　忠岑

古今五二　寛平御時后宮歌合　友則

古今六　寛平御時后宮歌合　忠岑

白雪之降手積禮留山里者住人佐倍也思銷濫

雪後朝乚興萬端　山家野室物班乚

初銷粉婦泣來面　最感應驚月色寬

吾屋門之菊之垣廬丹置霜之銷還店將逢砥曾思

青女觸來菊上霜　寒風寒氣繁芬芳

手孫趂到提罇酒　終日遊遨陶氏莊

三吉野乚山之白雪踏別手入西人之音都禮裳勢沼

遊人絶跡入幽山　泥雪蹈霜獨蔑寒

十八オ

新古今冬　寛平御時
后宮の歌合に　読人
不知　佐ほ山のまさき
のかつら

93 不識相逢何歳月　東齊愛嶼遂無還
十月霖降良之山里之並樹之黄葉色増往
孟冬細雨足如絲　寒氣始來染葉時

古今冬　寛平御時
后宮歌合の歌　読人
不知　年のくれぬる
終にもみちぬ

94 一一流看山埜裡　樹紅草緑亂参差
雪降手年之暮往時丹許曾遂緑之松裳見江藝礼
松樹從來蔑雪霜　寒風扇處獨蒼々

後撰冬　題不知　読人
しらす　うちはあれと
ゆくかたもなし

95 奈何桑葉先零落　不屑槿花暫有昌
涙河身投量之淵成砥凍不泮者景裳不宿

伊勢物家集　竹のたま
ちわかくらさん梅花
雪乃中すくむさるとらん
らん

夫木抄第十八冬三雪
寛平御時后宮歌合
よしくしもすかれく
しもくものとしらの
くものちるかく
同上平　花のちる
しあれへ

怨婦泣來涙作淵　往年亘月臆揚烟
冬閨兩袖空成涙　引領望君幾數季
爲君根刺將求砥雪深杵竹之園生緒別迷鉇
雪中竹豈有萠芽　孝子祈天得筍多
殖物冬園何事苦　歸歟行客哭還歌
攬散之散花砥而已降雪者雲之城之玉之散鴨
素雪紛々落蘂新　應斯白玉下天津
擧眸望處心如夢　霽後園中信見春

十九オ

98 霜枯丹成沼雖思梅花折留砥曾見雪之照禮留者

寒風肅〻雪封枝　更訝梅花滿苑時

山野偸看堪奪眼　深春風景豈無知

99 歷年砥色裳不變沼松之葉丹宿留雪緒花砥許曾見咩

冬來松葉雪斑〻　素蘂非時枝上寛

山客回眸猶誤道　應斯白鶴未翩翻

戀歌二十首

100 紅之色庭不出芝隱沼之下丹通手戀者死鞆

新拾遺恋三 夢求
万葉集歌 読人不知

拾遺恋五 題不知
読人不知 侍人不知
新の
古帖第四 つくはね乃
山乃 恋をつもりな

101

閨房怨緒捴無端　萬事吞心不表肝
胸火燃來誰敢滅　紅深袖淚不應干

思筒晝者如此店名草咲都夜曾侘杵獨寝身者

寡婦獨居欲數年　容顔枯槁敗心田
目中怨恨猶應忍　夜半潸然淚作泉

102

鹿島成筑波之山之築く砥吾身一丹戀緒積鶴（鴨イ）

馬蹄久絶不如何　戀慕此山淚此河
蕩客怨言常詐我　蕭君永去莫還家

古今恋一 読不知
読人不知 人をとふ
とく まてくるるかな

新勅撰恋一 読不知
読人しらず こひわ
びつ

玉ニ云絙ハ公曽ノ切急
也駃疾也或作恒

古今恋二 寛平御
時后宮歌合
敏行 ゆめかよふ
六帖第四夢 句も
古今のごとし

103 都例裳那枡人緒待砥手山彦之音為左右歎鶴鉇

千般怨報厭吾人　何月相逢萬緒申

歎息高低閨裏亂　含情泣血袖紅新

104 戀亘許呂裳之袖者潮滿海松和布加津加沼浪曽起藝留

落涙成波不可乾　千行流處袖紅斑

平生昵近今都絶　寂寞閑居絙瑟彈

105 戀侘手打寢留中丹往還留夢之只徑者宇都と那良南

戀緒連綿無絶期　履聲佩響聽何時

六帖第五 [illegible]
[illegible]
[illegible] 寛平御時
后宮歌合 讀人不知
[illegible]

[illegible]
[illegible]
[illegible]

君吾相去程千里　連夜夢魂猶不稀

懸都例者千〻之金嚢數知洺何吾戀之逢量那岐

年來積戀計無量　屈指員𡖋手竿怵

一月不看如數月　慇懃相待隔星霜

人緒念心之熾者身緒曾燒烟立砥者不見洺物幹

胸中刀火例燒身　寸府心灰不擧烟

應是女郎爲念匹　閨房獨坐面猶嚬

戀芝砥者今者不思魂之不相見程丹成（滅カ）洺鞆倍者

[illegible]風家集[illegible]

[illegible]

後撰[illegible] 寛平御時后宮歌合歌 読人不知 第五句を こひしかるらむ

古今五二 寛平御時后宮歌合歌 読人不知 [illegible] 六帖第五 恋 第三句 [illegible] 結句古今と同し

消息絶來幾數年　昔心忘却不須憐

閨中寂寞蜘蛛亂　粉黛長休鏡又捐

被厭手今者限砥成西緒更昔之被戀鉇

被厭蕭郎永守貞　獨居獨寢淚零

心中昔事雖忘却　顧念閨房恩愛情

戀數丹侘手魂迷那者空數幹之名丹哉立南

戀情無限匪須膳　生死慇懃尚在胸

君我昔時長契約　嗤來寒歲栢與松

六帖第五おもひやす
あの二句万葉にたけし
たえく第十一人丸集
中にも云　拘れしやる
こはちられむ姫のすれ
ふるえていつきてゆきよ
古今に　たくらね
風ふきたみ○こころう
るとりやまとてつます
きさらさしろう
六帖第五云　わすれくむ
の　ことれさらひむ人を
とうめらて
万葉第十一　片糸もてぬき
たる玉の緒をよわみ乱や
しなん人のしるへく
此万葉の此歌新撰
並二又続後撰並二ニ
入る共にしらく人しる寸
古今並五　寛平后宮
歌合歌
菅家

朝景丹吾身者成沼白雲之絶手不聞沼人緒戀砥手

恨來相別抛恩情　朝暮劬勞體貌零
宵々空房孤飲涙　時々引領望荒庭

片絲丹貫玉之緒々弱美紊手戀者人哉知南

誰識中心戀緒纏　卞和泣處玉紛々
千般歎息且難計　爭使蕭郎一處羣

都例無緒今者不戀砥念倍鞆心弱裳落涙歟

不枉馬蹄歳月拋　從休雁札望雲郊

113　112　111

涙河堰逗一宛字
涙河底之涙会ラ
涙人不知　さびしさ
なん

戀情忍處寧應耐　落涙交橫潤斗宵

人不識下丹流留涙河堰駐店景哉見湯留砥

每宵流涙自然河　早旦臨如佗鏡何

撫琵沈吟無異態　試追蕩客贈詞華

涙河流被店柚之凍筒佐夜深往者身而已冷濫

冬閨獨臥綵衾單　流涙凍來夜半寒

想像蕭咸佳會夕　庶幾每日有相看

君戀砥霜砥吾身之成沼禮者柚之滴曾匹增藝留

116　115　114

旅さ之五
つゝされと服むかまゝ
ほかなきは物いはて
れてねてさすゝ袖

與君相別幾茂星霜　疇昔言花絶不香
曉夕凍来多泣血　高位歎息満閨房
戀敷丹金敷事之副沼礼者物者不被言手涙而已許曾
一悲一戀是平均　事已含情不可陳
流涙難留寧有耐　寂然靜室兩眉嚬
思侘山邊緒而已曾往手見留不飽別之人哉見留砠
思緒有餘心不休　偸看河海與山丘
四方千里求難得　借問人家是有不

古今に入ルに
題しらず　読人不知

千色丹移徙良咩砥不知國意芝秋之不黄葉禰者

人情變改不須知
見說生涯離別悲
閑對秋林看落葉
何堪爽候索然時

新撰萬葉集卷上　終

二十三ウ

僕贅
新撰萬葉集
下
又號菅家萬葉集

準上巻之下當有之字蓋脱乎

東様ヒナブリ字訓ん乳尚可考

以疑使字

霞字下疑脱擧字

新撰萬葉集巻下

余以僃見古人之留歌易覚難知随時有興
也偸擇時人之練字詩書狀披陳喪在樂
乎然則或有識之人撰文書之艶句當時之
東様或秀才之者取詩章之麗言讃梅柳之
美憐
悧怜遂使文花開於翰林綾字就於辭林乃以
左之處之欲曲儛家之宴之聳闈也何況乎
光華纏紛才藝霞飛翔等閑仙窟抽集爲巻

節イ　抹イ俾歟　疑有脱字　潤等イ

前疑肯字前或作
歬与肯字形相似因
訛

則以使視歌興詩詠之者庶幾使諸家之有以
留鸎舲餌膐試傳後代乎將多與字乎跡疏卷
舌鉗口無那頗加以述意之序増別絶句之仄
也歳次延喜十三年八月廿一日謹進序句之前
人雖興和頭未詠詩序仍序句但憚愕上人
丹心凡人不與欲雖然迂筆尓

迂疑迂字

古今集春上　寛平御
時后宮哥合　源當純

古今春下　寛平御
時后宮哥合　興風
興風家集にもをた
てし　六帖第一春のた
て向ホ集にあり

上の須ゝゝくよみあり

春歌二十一首

谷風丹解凍之毎隙丹打出留浪哉春之初花

渓嵐催春解凍半　白波洗岸為明鏡

初日含丹色欲開　咲殺蘇少家梅柳

音不斷（絶）鳴哉鶯一年丹再砥谷可來春華

黄鶯一年一般鳴　歳月積逢數般春

可憐萬秋鶯音希　應認年客更來往

春之月丹霞別筒往雁之見江須見江須雲隱筒

萌木とならふころあら
られなをすくら花
あすハ燃をとかへりし
きたまくられ

燃草丹梅散落沼生多良者何成花歟又者可折（拆カ）

春來旅雁歸故郷　雲路別南濱邊却
恠往雁順年且來　不憎霜羽恒往還
元月東風留寒氣　山野草木稍初前
梅柳古枝節前新　想像香葉且將開

吾身緒者一朽木丹成多禮哉千之春丹裳逢貿那芝

一身萬事為重愁　一株朽木成百怨
怪毎春來从更青　乘節萬葉匂花色

古今能歌　寛平御時
后宮の哥合歌　興風
[illegible]

[illegible]
[illegible]
典侍因香朝臣　[illegible]
[illegible]
六帖第二野　[illegible]
[illegible]

拾遺春　[illegible]
[illegible]

125 春霞起出留野邊之若菜丹裳成見手芝鈍人裳摘八斗

何春何處霞飛起　陰陽每年改山色
野人喜摘春若菜　山人往還草木樂

126 春來禮者花緒見牟云心許曽野邊之霞砥共丹起介禮

青陽景氣齊天地　日月溫溫驚時節
松風扇袖引月光　仙人彈琴斧柯宴

127 年内皆乍春過那南花緒見手谷心可遣久

年内皆四時輪轉　遊客併周（閑カ）忘花見

ゑひとさそへく

続千載春上　寛平御
時后宮歌合歌　友則
いろえちしとも

春雨之色者滋雲見江那國野邊之緑緒何手染濫

谷風任心引雨足　春色滚草木鮮緑
春雨一色染萬山　海中潮波凝千濤
在池上青烟色　處野邊白露低

ちとをち下　寛平御
時后宮歌合歌
貞風

折花者千種丹化成砥誰華春緒恨果多留

不惜去里藝留ナ

千種折花尤春宜　誰増周忘深色
可賞造化開風流　仙客休遊彈琴瑟

新勅撰春下　寛平御
時后宮歌合歌　読
人不知　ところのへたえても

色深見留野邊谷常那良者春者往鞆方見成申

艶當作灩

古今春上　寛平御時
后宮ノ歌合歌　千里
[illegible]
[illegible]

又撰者中　注名知
読人不知 [illegible]

谷霞色深見之艶　　野邊草木含芳光
烟霞鳳前類遷客　　皆是蕭己旅漂身

鶯之自谷出留音無者春者來鞆誰告申

元鶯溪澗趁吹音　　山野領主汝來賓
毎年息量歸都月　　我何歳知汝明春

大虛緒霞量之袖裳鈍春開花緒鳳丹不任芝

月光似鏡不明春　　寒氣如刀不穿苍
太空雨絶潤草木　　春風苍開霞射袖

二オ

132　131

新勅撰巻上　読人不知
読人不知かな読まま

続後撰巻下　読人不知
[illegible]
忠岑家集　[illegible]
[illegible]

新古今巻下　寛平御時后宮歌合　読人不知
[illegible]

133
白妙之浪道別手哉春者來留凬立毎丹花裳折藝里

浪花紗白漁父吟
凬驚浮波海中花
觸石浮雲青山葉
別道留湖岩汀霞

134
散花之俟云事緒知坐羽春者往鞆不戀閑事

春往散花舊柯新
毎處梅櫻別家變
樂濱海與泰山思
奢殺黄鳥出幽溪

135
俟手云丹不駐沿物砥乍知誣手戀敷春之別歟

寒光不駐欺雪多
池内山邊猶墝埆

拾遺新枕之脇
秋ならはいかはかりかある
ねぬつらて我えこくれと
もつらしやらまし

第三句朗詠風詩云
春風暗剪庭前樹
此下句

蹴鞠庭前草又少　鞦韆樹下花且希

往春之跡谷有砥見申加者迅還来砠言申物緒

春日暮往山館無　谷風迅却物色少

夜雨偸穿石上苔　滴以鮫人眼涙玉

開者且散緒可惜芝春之方見丹摘曾駐鶴　此哥如本異本同

鶯舌滑歌曲韻諧　蝶身軽嫋儛不閑

可惜春風花再散　亭前片身暗樹早

來春丹逢事許曾固唐月過往丹為曾不後申

四オ

136　137　138

[illegible]

東南嵪嶺早綻梅　西北池堤柳絲飛

梅飛白雪垣不銷　鳳女顔脂粉似凝

春霞棚曳山之假廬丹者涌瀨而已許曾於㟀者立藝乱

春霞櫻枝凝白花　流溢曳水紊瀨文

假廬前泉鳥倡梅　舌簪鞁攬指南車

去年鳴芝之音丹佐牟幡似巫鉇幾之閑華花丹狎兼

舊鶯今報去年音　千般狎逢幾春霜

恒吟鳴眼淚無出　鎮喘息咽氣不収 未詳

140　139

夏歌二十二首

141 天之原悠々砥而已見湯留鉇雲之幡手裳色滋雁藝里

初夏漢天泛月顔　悠々雲路流晴月

蕭々黄河亘玉光　相喜倉天月玉色

142 散花之染云量勢芝山緒不見知洛容丹夏者成塗

連夫布水洗岩科　雲羅雨絶摩岸降

庭前風芝戀春往　池側温泉吐散花

143 夏之夜之月者無程明朝之閇緒曾加許知寄介留

六帖 卧夜月 第一帖
興風家集 ひかりをおしみて 夏の月

後撰集歌不知読人知
こゑをいきて
夫木抄廿七 鵲山
月曙 千里 かさゝぎの
みねとびこえてなきゆ
くなつのよわたる月の
かくるゝ
六帖第一夏月第六
かさゝぎ

夏夜明月無翳處　銀漢落波開白明

夜月無程早朝連　仙羽殉蹈無跡處

夏之月光不惜照時者流水丹遊絲曾立（ナツノツキヒカリヲシミステルトキハナガルヽミヅニカゲロフゾタツ）

月光連行不惜暉　流水澄江無遊絲

岩沓推楫起浪前　人閑眼病歎且多

鵲之嶺飛越斗鳴往者夏之夜度月曾隱留（カサヽギノミネトビコユトナキユケハナツノヨワタルツキゾカクルヽ）

鵲鏡飛度嶺無留　鳳彩千里跡不見

蒼波一葉舟陋遊　蕩子曾不憚遮暮

五ウ

古撰友則不知読人
不おもひきしられハ
第三句をかへて守まへり
やまとハ万葉ナ六よや
うりを破夫利とかに
ナハよこやてたと都衣
歌とかくへて畑し

六帖第一 夏の風
こひしき人の

後撰夏上 寛平
御時后宮歌合に
よみ人しらず
かりそめの世やたの
まれぬ たのまれ
きみの

146 匂筒散西花曽思裳保湯菑夏者緑之葉而已繁里手
朱明稍來春花薄　青陽暮行公鳥忽

147 夏之風吾歟手本丹西披裏者思牟人之土毛丹芝手申
姤涙嫉聲霑顏袖　細雨輕風不起塵
夏風俄來扇吾袖　姮娥戀思別深身

148 假染丹身哉被恃沼夏之日緒何蜆蟬之鳴暮芝鶴
暮行春節將過留　落花早速無障人
蜆蟬終日鳴暮甜　想像伶倫八音韻

六オ

此詩不稱右歌下有
池藕泥蔕半將散
句疑是今詩耶

六帖第一夏の風
うへ風も

春夏輪轉吟聲切　露滄葉服育單身

149 夏來者藕之浮葉老沼禮砥後折花緒見裳過栖鈍

五月菖蒲每年宜　別節有人嘗傾觴
可謂鷸鶬宜好樂　皐陽飽愛不酩酊

150 夏之日緒暮芝侘塗蟬之聲丹吾鳴添留音者聞湯哉

夏夭月長蟬侘傺　恠回知倂無愁人
盡月終夕鳴不淚　恨河長短多無息

151 吹風之吾屋門丹来夏夜者月之影許曾涼雁介禮

ちとせ友也考
むかしへや今もこひし
きほとゝきすふるさ
とにしもなきてきつらん

麻ハ鹿の字をあやまれりなるへし

○月影涼夏何怜　百刻支分室宗寘

江邊鴻雁頗欲却　遥瀨浮月影鉗兊

古里砠念哉爲濫郭公鳥如去歳丹那礼曽鳴成

郭公經年歸古里　去歳今年鳴同聲

悵每年吟不易術　可稍朋友時ヒ新

夏之日緒暮芝侘筒鳴蟬緒將悶而爲麻何事歟倦杵

侶失孤鸞何處賞　偏侘鳴蟬何事愁

柯枕夢裏不見聞　烏館蟲栖單喜倦

あさいろちりゆくよとも
とまりてをかくくるを
いふよ

新勅撰夏 寛平御
時后宮歌合読
人不知 さつきのまつ
をわくさえも
六帖第一五月歌
新勅撰よみ人しらず但読
句とよみとりたり

沙亂丹情解筒暖杵身緒木高別手風牟問南

西嶺木高引風羽　庭前叢爛少月光

伯牙彈玉琴韻調　道桃梨花落後興

草繁芝多放往夏之夜裳別手別者袂者沾南

野邊繁草山蘿緑　春去秋來開夏臺

春非春且夏非夏（非春非夏池藕彩）　池藕泥彎半將散（彎底泥　起イ）

推鍋手夏樹之野邊緒見亘世者草葉毛水毛緑成藝里

夏樹（杪イ）野邊草舉緑　葉（服カ）眼水裳（來イ）成翠松

白氏文集云草螢有耀終非火荷露雖圓豈是珠

古今云　僧正遍昭
はちすはのにこりにしまぬ心もてなにかは露を玉とあさむく

曽丹集　四月中
夏の夜乃とこなつ雨をまてはほの月のかれまつかせうらとさまく

朗詠竹

煙葉濛朧侵夜色　凮枝蕭颯無秋聲

夏之夜之露那駐曽藕葉之誠之玉砡成芝果祢者

夜露一種染萬藕　流水布無葉不倦

裁縫無刀尺仙服　飛花帷葉随步收

夏之日緒天雲暫芝隠沙南寢程裳無明留朝緒

晴夫夏雲無遺光　清河澄水不留滓

岸前連舟恒逍遥　終日欲通夕宴興

夏之夜之松葉牟曽與丹吹風者五十人連歟雨之音丹殊成

八オ

万葉第七　作者[illegible]
[illegible]

六帖第一　夏[illegible]
[illegible]

渇夜松葉鳴琴音　　所栽前菊初将開
夏暮露初伴秋凬　　亀鶴自本迷年齢

幾之間丹花散丹兼求谷有勢者夏之蔭丹世申緒

花散後幾間風秋　　樹根揺動吹不安
崿谷躁起蹬不静　　自是仙人衣裳之

夏草裳夜之間者露丹憩濫常焦留吾曾金敷

夏草常焦無憩露　　臥藍垣彫殉涼蔭
凬烟雖賞與難催　　應尋望雲雨潤衣

後撰秋中　寛平御
時后宮歌合に　よミ人
しらず　えたりけるを
兵部卿家集にも入れ
よろしくは　あきちかく
中務家集にも　開きく
立つ霧の　あとをとや
きえかぬ此歌をそえる

後撰秋中　延喜御時
三の人々これにも　見えて
おく白露をむすびつるかも
六帖第一露　如後撰

蓬生荒留屋門丹郭公鳥侘敷左右丹打蝿手鳴

蓬生荒屋前無友
郭公鳴侘還古栖
應相送鳥往舊館
夵畄愁誰待來夏

秋歌三十七首

浦近久起秋霧者藻塩焼烟砥而已曽立亘蓺留

秋風來觸處物馥
霧霞泛灔降白露
思得下氏將玉鋪
山野叢併無染錦

秋之野之草者絲鞆不見江那國景白露之玉砥聯貫

置カ

九オ

白藏野草萃華宜　嗤見玉露貫非絲
今自龍門秋波忽　九鱗爭得少時遊

165 爲吾來秋丹霜荒無國丹虫之音聞者先曾金敷

古今校異 凡不知淡人不知

秋夫雲收無惜兇　池底清晴不過桂
黃芿表裏參添金　仙國初芿千盞

此詩与歌不相稱疑与他歌詩錯乱

166 秋來者天雲左右丹裳不黃葉緒虛佐倍驗久何歟見湯濫

古今校異 久かたの月乃桂も秋ハなほもみちすれはやてりまさるらむ

雲天灑露黃葉錦　漢河淺色草木紅
西施潘岳兩絺身　山河林亭匂千色

貫之家集　山の井ハ
ちりてかくなん

後撰秋下　讀人不知　又同上句
まて　ものおもふ人の
やとをよくらなん

古今秋上　きのふこそさなへ
とりしかいつのまにいなはそよきて
秋風のふく
忠岑家集　ここち他
かくてもひとりて秋の田を
かりほにさくるきりのなつ
公忠家集　苧田にて　秋

山澤之水無扦砠許曽見亘秋之黄葉之落手闘勢者

山水濕露染秋芋　陰陽登霧易葉色
碧羅轂錦稱身裁　嬌枝媚花隨步廻

秋風丹被倡亘雁歟聲者雲居遥丹當日曽聞湯留

秋風被倡雁客來　白露被催鶴館宴
江河少鳥共踟躕　雲居遥聲且喜悦

幾之間丹秋穂垂濫草砥見芝程幾裳未歴無國

幾間秋穂露孕就　茶藍稍皆成黄色

十オ

まちやほみ见ゝかと
ほとくにくれかゝりて
てりわ

九今秋下叙行久方
のそらくもてらゝば
よみわかもとておやま
これゝ
いさんかへすいらかへてお
くもんちゃ

此詩亦不稱左字
与他混乱歟

反撰秋下註不知読
人ふ知 風ふみてゝ
撿き秋 郎了寸是之

庭前芝草悉将落
大都尋路千里銜（客イ）
大虚緒取反斬聞那國星與砥見留秋之菊鈍

大虚霧起紅色播
星漸泉流菊薫光

秋之野丹玉砥懸留白露者鳴秋虫之涙成希里

未聞一年再盛之
世上露唱述約齢（飼致）

毎秋玄宗契七月
一年一般亘黄河（潰致）
別日織女戀仙人
蓬莱樓閣好裁縫
秋之夜丹雨砠聞江手降鶴者風丹散希留黄葉成介里

172 171 170

うつりゆく秋の山辺をたちいでゝ…

古今秋下

三四二句疑与他侍錯　乱欤

秋月秋夜雨足靜　山色稍出錦綾文
林枝俄裁千里服　黃葉叢中蛚音聒
秋之夜緒明芝侘洛砠云藝留曽物思人之爲丹佐里介留
蟋蟀壁中通夕鳴　藝人乱床夜明侘
宋䆄虫館獨寢聒　常喘鳴驚萬里人
白波丹秋之木葉之浮倍留者海之流勢留舟丹佐里介留
碧河白波源水華　海中月光流湖鏡
松風緒張韻類曲　更訝邑郎琴瑟響

十一オ

古今秋下 寛平御時
后宮歌合之歌 千里
[illegible]
六帖第六 [illegible]

麼ハ[illegible]

175
秋之野丹駐露砥者獨寢留我涙砥曾思保江沼倍杵
玄月寒氣及八紘
宇宙猛勢致四海
獨寢泣涙九夷溢（盈カ）
友別歎腸六蠻多

176
栽芝時花待遠丹有芝菊移徙秋者憐砥曾見留（哉イ）（芝イ）
秋風寒山色變易
石水徹伹澄且改（澈 泥イ）
池邊菖菊開黃苍
前栽秋茱吐紫色

177
黃葉誰手酧砥歟秋之野丹奴麼砥散筒吹紊良牟
乘節黃葉西初秋
隨年白露紊錦色

[illegible]

山野風流梅成貯　凡隁陽奇衝豆婦

178 風寒美鳴秋虫之涙許曾草葉之上丹露緒置良咩

班〻風寒蟲涙潵　灼〻草葉落色嬾

處〻芋野鹿聲聆　林〻叢裡蟲聲繁

179 黄葉之散來時者袖丹受牟土丹落佐者疵裳許曾都希

黄葉飛落堆塵境　梠柚散來排粉黛

幾家幽人愛黄葉　誰家仕丁賞閑宴

(180) 音丹菊花見來禮者秋之野之道迷左右斧霧曾起塗（未詳）

他本无此哥

十二オ

古今秋下 讀人不知
不知いろくことにをけはこそ
山のこのはも千くさなるらめ
六帖第一露 白如古今

後撰秋中 秋のよの月のかけこそ
このまより よみ人しられ
おちはころもとみえよう
つゆけれ

古今秋下 是貞親王家
歌合歌 草も木も 康秀
色かはれとの
六帖第三浪の歌よえ
ふんやのあさやすとて
こゝろえぬと申て浪の
花にて秋なかりけれ

秋之露色殊々丹置許曾山之黄葉裳千種成良咩

秋露勢深千種色　虚月和照萬數處

邑郎絃彈歌漢月　姮娥手拍迴儛捨

秋之夜之月之影許曾自木閒隨者衣砥見江且氣禮

月影西流秋斷腸　桂影河清愁緒解

夜秩紅々館栖月　咲殺人閒有相看

草木皆色雖變大海之濤之花丹曾秋無鴈希留

草木閑館色雖變　乘春林上古枝雜

181 182 183

は撰状中　天川にて
とかくてこゝめくみあら
すさまじき月やすむらむと

万葉第十　ゆくさきのさき
よるたえおもやつはゝ実哉
あくてふかのゝあやのゝ
は撰状下　りかりさて
もかしさきらあされやる
秋とまかりくよるく
ひきすくさわくれもかる
よむあまさゝかりくと
のさえきかくるらん

184
海中園詠無栽人　四大海常仙花眼

銀河秋之夜量與砠麻南流留月之景緒駐部久

銀河秋夜照無私　天岸流月影不跡

185
四時古花月影閑　可怜九重宮可憐

不常沼身緒飽沼禮者白雲丹飛鳥佐倍曾雁砥聲緒鳴

白雲落鄢飛鴈行　未詳　値落鄢乱鴈　雨濱波澄迷鴈跡

186
濤音聳耳應秋風　水聲凝肩還古館

黄葉之流手堰者山河之淺杵湍良杵裳秋者深杵緒見奴

十三オ

古今秋下　是貞親王家
哥合歌　文屋康秀
ふくからに　あらしといふ
らん　同席以後此への
やまの　六帖第一
嵐の歌あくてやまの
ひかた今とおもふし

古今　まつむしのこゑすなり
あきのきみ　引の此れ
からあらかしとやへあらね
同今とて言葉をため
むなかくされておもへ
しらなくなく此中

應知月色山河淺　可惜岸岐光不駐
湍波潦流行水舉　黄葉紅色吐叢金
打吹丹秋之草木之芝折禮者郁子山風緒荒芝成濫

187

郁子裳丞任山風　許由秩招校秋草
岸邊蘆花孕秋光　林高枝頭惟葉光
秋之虫何侘芝良丹音之爲留侍芝影丹露哉漏往
秋虫何侘鳴音多　蟬身露侍夢聲聒
時匕月影低息希　數匕葉裏秘肩身

188

良暹於中月をみて
淡人不知　わたるせも
みえて

山裳野裳千種丹物之哀矜者秋之意緒遣方哉無矜

山野千種物色丹　寒風稍來草木斑

白露丹被瑩哉為留秋來者月之光之澄増濫

心性造飛無定處　花勢解散不收人

白露草瑩無光蔭　晴夫緑裏月不光

濁池底月影不度　晴林前星見不見

秋風丹濤哉立濫天河亘閇裳無月之流留々

秋露吊光似玉珠　莓苔積匂流舊蹤

191　190　189

古今秋上 是貞親王
家歌合によめる 朝康
おくしら露ハ
古帖第六蜘 わくら葉に
つゆやきえもる

此詩疑在佗歌左

192 秋之野丹凝垂露者玉成哉聯貫懸留蜘之絲筋

江堤波濫擧練光　濁桂經月伴葉舟
天漢秋濤盛浮月　凝露桂光懸貫玉
蜘綸柯懸似飛鬢　可惱往還冬不來

193 夕暮丹音紊增秋之虫何歟金敷吾那良那國

菊是九月金液凝　水花鶴壽訶梨年
金樓宴之盃毎節　萬人持節却往冷

194 露寒美秋之木葉丹假廬爲留虫之衣者黄葉成計里

古今秋上　秋立日よ
める　敏行　めにはさや
かにみえねとも　おとろかれぬる
古今恋　しのゝめの
ほからほからと明ゆけハ
おのかきぬきぬなるそ
かなしき

伊勢集　秋の夜をね
ておきゐてあかさん
ひとりある人のあかこと
なるへし

寒露木葉怨秋往　萬人家所知長別
數處林枝愁黄葉　廬宅中壁虫音薄
秋來沼砥月庭朗丹不見禰鞆風之音丹曽被驚計留
山水飛文苦心落　月宮仙人功任添
擣服無砧秋錦留　洙縫不人綾羅多
如此留世丹何曽者露之起還里草之枕緒數爲覽
月宮凝映嫦娥眉月　素娥夜深銀闕照
數夕枕上求夢根　單寢閨良子不見（朗イ）

十五オ

古今秋上 歌不知読人 [illegible]
かずさへみゆる秋の夜の
月これ流布の定家
本のかなもち所用流格
乃本はかけさへみゆる秋
の夜乃月 六帖第一
古今のごとし

里下疑脱曾字歟

197 秋之野丹立麋之聲者吾曾鳴獨寢夜之數緒歷沼礼者

秋夜麋啅處處響
每山虫咽數數聒
月光飛落照黃菊
濤花開來解池怨

198 白雲丹翼鼓暦芝飛鴈之影佐倍見留秋之月鈍

秋天飛翔鴈影見
翼鼓高翥聞雲浦
可憐三秋鳴客風
冷雲寒星欲○稀

199 秋來者草木雖枯吾屋門者繁里增留人芝不問禰者

秋往冬來草木古
蕪里古家皆悉怨

月影吾行山河飛　四隣併人不閑静
礒之上古杵心者秋之夜之黄葉折丹曽思出鶴
月殿慵閉九重暗　雪雲足早降阡陌
蕪礒上波洗松根　河内凍水泥苔葉
武南イ　涼イ　茅
冬歌二十二首
天之虚冬者浦佐倍凍介里石閒丹涌豆音谷裳世須
未詳　底イ
玄英碧空雪不閑　天浦九淵霖雨早
桑楡枝葉先欲落　池潦水音静湍瀬

後撰云　読人不知
読人不知　冬さむみ
ほかにこほるゝみや
れとうたをかね

十六オ

後撰之 詠ふ知らみ人しらず あさくハやしめれ

右今天 詠ふ知読人不知 ... うれしくてぞふくへし なつれハ 今案将の下に問の字あるてさいらんれ

六帖第六目讀人とと やとろ 衣のかさしま 上紛恐衍文

202

流往水凍塗冬障哉尚浮草之跡者不定沼

宇宙冬天流水凝　池凍露寒無萍蹤

風寒霰早雲泮速　初冬初雪降不冷

203

吾屋門者雪降窄手道裳無五十人童葬處砥人將來

冬天齊夜長月短　霜雪劒力穿松栢

風壯寒氣傷草木　應痛暑往無溫氣

204

神女等歟月係紛之上丹降雪者花之紛丹焉違倍里

神女係雪紛花看　許由未雪鋪玉愛

古今集　友則
雪ふれハ木ことに花
そ咲にけるいつれを梅
とわきてをらまし

みつね家集　白雪し
のたなひきわたる足引
乃山のかけはしたれも
わたらん　けふの彩
古今系れうん　山乃
かけはしやまさまん

ときはなるかな代
毛阿切麻るれハてや
てまつかまとゝかり

咲殺下和作斗筲　不屑造化風流情

冬來者梅丹雪許曾降紛倍何禮之枝緒花砥折申
冬來霜枝許花却　雪帶林枝但白華
非枝非花惟但開　不春不秋降紛色

足曳之山之懸橋冬來者凍之上丹往曾金敷
寒天素雪凝牖照　雲非橋金樓前度
疑是西土鋪帳繖　念彼論工白布曳

白雪之降手凍禮留冬成者心真丹不解麻留鉋

十七オ

月令曰 露結爲霜

垣疑埋誤作致
日本紀八千万葉の言ま
此をまて垣といへるなれ

大都應憐白雪宜 何況最無雲冬霄

霜枸泥池水靜泮 晨月出達水猶鏡

白露裳霜砥成介留冬之夜者天之漢障水凍介里

月浦九河雪凝早 山野林隈霜飛速

冬夜庭前無暉月 凍池水邊不緑草

降雪之積留峯丹白雲之立裳不躁居歟砥曾見留

陽季漢天降雪早 白雪浪浦散花速

霜枝不老無白鬚 雪山垣翠頭素髪

伝授冬　訳不知らくて
人しらず　いかさみて
れと

古今風雅集　山の上
りとくちらす雪ハ花
ととそみつ
夫木三十一　寛平御時
后宮歌合　読人不知
白雪さはしくて
万葉十　白雪まうち
ろちるを梅の花ちるや
からと思ひつつ也
伝授冬　ふるゆれて
こしてもちりしさり
るる花も葉もちる枝
ろま千さくろ

吹風者往嘗不知砥冬來者獨寢夜之身丹曾芝美介留

何冬何處愛林亭　冬宵風氣衾不單

寒月谷風枝不障　閑館獨寢無問人

嵐吹山邊之里丹降雪者迅散梅之花砥許曾見禮

冬月冬日山嵐切　降雪迅散花柯寒

秋往冬來希溫風　寒溫齊平連造變

雪而已曾柯丹降敷花嘗葉嘗伊丹兼方嘗不知麻留鉇

雪柯泉邊迷林住　叢中萬虫還古館

不雪者 此句字乃
ねちゝらん宮のうち
消閑の二字ありて
ゆきさきぬかハ氏

指きえて 此不知 後
人不知 そちしれて
此別家集 そちくろ
そ そくにとゆしん

柯葉無流失時怨　池凍同被無三秋
草裳木裳枯塗冬之屋門成者不雪者問人裳無

213

冬日草木滯雪斜　寒夜閑館無問人
處々家々併寂寞　恨寒夜多無醼酒
冬之池之上者凍丹閉鶴緒何手加月之底丹入兼

214

蒼天月色無收人　霜凝雪降不泛月
雪霽雲明影不見　怪誰祕留月見底
浦近杵前丹波立冬來者花折物砥今曾知塗

215

新古今巻一　読人不知
[illegible]

瀧河起浪穿月舟　湖浦遥湖折星槍

應謂三冬無熱旱　九碧河降氣切苦

霜之上丹跡蹈駐留濱道鳥往邊裳無砥浪耳曾來留

冬月興希心猶冷　夜光細灼弄人嬾

御溝堤晴無宴島　南亭池澄不泛月

自木間吹來風丹散時者雪裳花砥曾見江惑介留

叢前枝枯袖不見　黄林枯樹彫花多

雪生風羽從扇宜　從年齢盡不知老

雪之内野自三山許曾老者來礼頭之霜砥成緒先見與

雪裏三山首早白　叢中六根老速皃

霜鬢絲増○白毛　鏡顔塵栖怨皺來

降裳不敢銷南雪緒冬之日之花砥見礼早鳥之認覽

南山雪晴松栢綠　風枝往梅柳切萠

九天凍解月桂晴　寒氣稍却早鳥趍

年月之雪降往者草裳木裳老許曾爲良芝白見礼者

何處雪山經年綠　誰家人侶白頭君

古今ニ冬ノ歌　深養父
ふゆなからそらより花のちりくるはくものあなたは春にやあるらむ
上雪當改作雲

每歳春齢往還逢　終日弄竽數不知
雲之上之風也者繁柝白雪之枝無花砥許々良散覧
雪上早風白雪散　霜裏凍氣柯花落
邊館寂寞戀春來　石泉荒涼俟節改
花更丹散來砥而已見江鶴者降積雪之不消成介里
林中古館還將柯　止色無春無成綠
池裡凍景稍解散　水上浮葉葉初萌

戀歌三十一首

二十オ

[illegible]

供當改作共

古今恋二　寛平御時后宮歌合歌 [illegible]

一度裳戀芝砥思丹苦敷者心曽千々丹摧倍良成留

郎君一覧何不再　王佩響留且不來

閨中單己愛君戀　女郎胸心府供絶

君戀留泪之浦丹滿沼礼者身緒筑紫砥曽吾者成塗

積年戀慕何早速　終日泣涙誰千行

若君逢披雲使者　余不借雖待覽却

獨寢屋門之自隙往月哉泪之岸丹景浮濫

荒涼宅屋無雙侶　粉黛壞來嬾經營

二十ウ

侘の下ニ沼の字なとそありつる也月をと心狂といふ事ありて又二首見えしるおかたくの文もちかひあるへし

侘當改作侘

後撰恋二 女のもとにはしめてつかはしける 忠房 おりおりに 年八

毳衣分散○收人　紅涙鎮霑服不晞

226 戀侘景緒谷不見芝玉桂殊者根佐倍丹掘手捐店

戀思人何心府切　愁腸斷誰且暫息

月桂常壯余鬚絲　鏡面鎮明佗自皺

227 後遂丹何為與砥歟玉桂戀為留屋門丹生増留藍

君去我留別離心　桂曆何年一往見

柳絲眉何時不還　使別檨帳前來○

228 人見手念裳年事谷有物緒暗丹戀曾蕣處無雁介留

布をも空に借まくれ
拾代紀に物根をとめ
さゝめとよめり拾と損
とこともちれとも通り
ゐ頭ぶ五五　朱雀院
隠内入内のはつまへとよ
まくらんは陳ゐのやさしく
つらうたき出ね声菩女子
多のうちの中にあまりの
いてうはおやまさへつまに知
にてあつくり
古今ゑ二　寛平隠内
后宮歌合ニ　ゑくく
さみさふつ　むしのあまさへ
ゐるくゝ家主の弃六帖第
にて浅門既載に並ち古
今同

西施潘岳本憔悴　何汝與我愁涙流
滴涙似鮫人眼玉　凝粉如鳳女顔脂
足千種之祖裳都良芝那如此量息丹迷世丹駐低
千愁胸障足不駐　世怨心府連無量
愁霜殘鬢侵素早　歎烟怨顔伴老速
人緒思涙芝之無者唐衣胸之亘者色裳江那申
君思多我念不希　愁緒辟胸裏無斷
怨涙眼前流不息　何日相逢慰良心

二十一ウ

古今秋上　寛平御時
后宮歌合歌　興風
[illegible]

古今恋二　寛平御時
后宮歌合に　小野美材
しる人乃なき

万葉第十二
[illegible]

契兼言路曾都良杵織女之年丹一度逢者相華

東嶺明月機照盛　何織女相契一夜

相見逢語且遅來　恨玄宗遠隔不見

吾戀者三山隱之草成哉繁佐増礼砥知人嘗無杵

君行遥指千里程　我三山隔無知人

月光似鏡無照愁　寒氣如刀不切怨

思庭大虚障哉燃亘朝起雲緒烟庭爲手（霧イ）

千谷（公 谷欤）行遥乘白雲　自逢別様久荒迷

かすみたつ[illegible]

[illegible]

六帖第[illegible]涙川 [illegible]

[illegible]

古今恋二 寛平御時

后宮歌合 よみ人

[illegible]

六帖第四 [illegible]

[illegible]

古今恋二 寛平御時

后宮歌合 興風

興風家集并六帖

堤埋世路心府泥　烟霞大虚覆不見

不飽芝手君緒戀鶴涙許曽浮杵見沈箕手有亘都礼

怨府切盛末留愁　君思鶴戀院飽足

箕婦眼涙溢不覺　僅逢相語且永契

無破曽寝手裳覺手裳戀良留ゝ怨緒五十人槌遣手忘牟

霄月輕往鷩單人　曉樓鐘響覺眠人

戀破心留五十八　相思相語幾數處

侘沼礼者誣手將忘砥思鞆夢砥云物曽人恃月那留

第に篶の訳スハゆる
てふりのそ

古今恋二 寛平御時
后宮歌合歌 [illegible]
[illegible]
[illegible]

桓疑恒誤寫

後撰恋二 [illegible]
[illegible]
[illegible]
[illegible]

荒室蜘綸人無挑　暇開簾内衾不收

戀佗寢夢魂不見　誑無忘恃人不愁

可銷命裳生八斗試牟玉之緒量將逢云南

桓鎖玉八十年期　何生命道猶長短

玉顔芳語往似化　蘿服雲袖稔無産

不飽芝之手別芝初夜之涙河與砥美裳無裳涌立心歟

不飽郎君自別離　初夜涙河堰無留

郎與我兩袖染紅　怨氣散雲散雨流

二十三オ

夫木三十六恋部云寛
平御時后宮歌合 読人
不知 かきりなくおもひのまゝ
えしのふれハ あらはれて
まぬへきおもひをしのふ心を
さくらちるハてけり

詞花恋上 題不知 読人
不知 としへてもゆてふのあき
ぬおもひハ
新勅撰恋二 寛平御時
后宮歌合 読人不知
句ハ詞花ニ載れり
古今六帖第一 火 としをへて
もゆてふ山のよりもあかさた
ぬおもひハ

後撰恋二 在原元方
わびぬれハゆかしき
なくさめ川のみなもとや
かきのかなしん
まつ恋ハ 恋すて山の
あハ数とせおもほゆる

無限深思緒忍礼者身緒殺丹裳不滅介留

無限思緒忍猶發　身殺慟留且不憚

妾羅衣何人共着　燈下抱手語聳耳

經年燃那留富士之山自者不飽沼思者吾曾増礼留

室堂經年獨簪卷　數多屛前單燈挑

終日嶺雪見暇閑　通夜池凍見無友

侘且吾身之浦砥成禮ヒ者哉戀數人之頻波丹起

眼浦愁浪頻無駐　胸牖戀重侘不見

熏 侘カ

二十三ウ

こひしきにみをしぬへし
なみたなりけり
續後古今戀一　寛平御
時后宮哥合歌　後人
不知　かくてにみし
疑第二与第四二句
寫者誤前後乎

六帖第一　夕月夜
あはぬ日をかしきたまくるや
う方をきてもえてす夕
月ハ人の三里の宮り
ほしもあきてろくや

呂の下又保比乃二字
あちこちれ

吾身霜露危易散　他壽霞烟保不留
髣髴丹見芝人丹思緒屬涂手心幹許曾下丹焦礼

任氏顏皃彷彿宜　粉黛不無眉似柳
朱砂不企脣如丹　心思肝膽猶胸焦
夕三里夜於保呂丹人緒見手芝從天雲不晴心地許曾爲礼　而已許曾イ

江鴻雁朋失迴雲滯未詳　人離侶友別三里趍
蹭蹬曽羽客不逢　踟躊專魂魄不見
雖近人目緒護許呂者雲井遙氣杵身砥哉成南

二十四オ

羅疑蘿羅乎

於き[illegible]二大納言[illegible]
う[illegible]なきさん[illegible]君[illegible]お[illegible]
けるをとこはとよおもふらん
しきやなそ[illegible]

道士手別却碧羅　蒼天霞凝袖不見
交情交涙更無那　去留雲居世上理

245 不飽而今朝之還道不覚心一緒置手来乏加者

四時輪○春常少　今朝還道心不覚
百刻支分秋猶希　一緒置来竿無知

246 天漢三尾而已増留早湍丹莅許曽堰敢楄桋之志加良三

漢天早湍無浮舟　生死瀑河不留人
顰眉厭老終叵却　拍手歌漢月欒盡

万葉集第十にあしへよりみち
くるしほのいやましにおもへと
あかぬきみかなといふ歌あり
伊勢物語にはあしへよりみち
くるしほのいやましに思ふ
君をおもひふするかな
此ほかはさなからにおなしや
うたところの歌をまなひたれ
見えしに家集うたし
てもちゐられたるにや
發句中還疑遷歟
古今集十一　読人不知　讀人
不知　こひすれは我身は影と
なりにけり　さりとて人に
の第二句よりて添
ぬ下て沼の字を落るれ

自葦間滿來潮之彌增丹思增鞆不飽君鉇

邑郎羽衣肽塵往　腰輕步乘雲離別

啼號黃河求不聞　池前清水影不見

人之身丹秋哉立濫言之葉之薄裳滋裳千丹移從礼留

可憐个身千還移　秋葉黃色無還期

思滋喜少人猶侘　玉匣花叙收不用

戀爲礼者吾身曾影砥成丹介留佐利砥手人丹不添物故

客人皃顏無別往　此戀懃潑心未懸

二十五オ

古今五一 読不知 恐之
今按第二以下の三句
雜訛有り第四第八第
二第二八第二ろうて
反對なり

裳の下ヽ時の字あり
へし蔵する古今五
二読不知 思ひつゝ
ともねれはやてゝ
つれなきをみつゝ思
出て夢と見えつゝ
これをおもひし今のうち
と同一意なるへし

六帖第四別 素性 たて
とちきりしをうつれへし
そらにはかん すてしむ物

不添沼物故更生　可惜黄葉且不來

250
逢事者雲井遥丹鳴雷之音丹聞筒戀亘鉇

逢叵別易朋友契　袖交手抱語何忘

枕同臂擄心誰吟　遥聞雷響疑友音

251
風吹者峯丹分留ら白雲之往還手裳逢砥曾思

顔影去行廻雲路　將逢見泊河遥遠

欲招手霞高不見　分散併含荼蓼葉

252
袖裳無杵身砥哉可成戀歴筒涙丹腐手可弃藝礼者

暁鸞鏡向戀分影　暮抱鴦被似一身

戀涙我身霑袖腐　怨屆筒扣人不知

戀侘沼天河原倍往手志歟亘彦星逢砥云成

天河原往戀機趍　無彦星鳴侘不報

男郎逢時喜樂多　阿婆毎日涙血飽
何　女別日涙餘イ

女郎花歌廾五首　一本無女郎花部以戀部爲巻終

白露之置晨之女倍芝花丹裳葉丹裳玉曽懸礼留

孔子仁恩都山野　白露晨匕晞玉裳

都疑都乎

疑二三兩句易前後乎

後撰秋中　もとときくし
おらん秋のかこしたる
つゆもおもはんかやか

饒字義未詳

古今秋上　朱雀院女
郎花合ニ讀てたてまつ
りける　忠岑　ひとみれ

仙人洪勢併林樹　晴霧暮懸羽衣

草隠礼秋過礼砥女倍芝匂故丹曽人丹見塗

女郎何葉節草隠　侯周忘秋人袖匂

終日秋野收黄色　通夕露淨染花皃

名丹饒手今朝曽折鶴女倍芝花丹懸礼留露丹奴礼筒

秋野草都号女郎　鶴潤鏡今朝増鳫

風馥多○今夕薫　自是野客千般喜

公丹見江年事哉湯々敷女部芝霧之籬丹立隠濫

257　256　255

こゝろしやうろう地 秋
きりにのこ　六帖第五
女郎花臥初二句古今
とねやうし第五句今とと
おりし

天當改作大

古今十一秋二昔郎花
昌泰元年亭子院
ニラみえることえ人しをす
秋の野になまめきたてる
しをらんてけく
これくうる少竹別
丹とのとうんを竹乃
字を爲ふられ少八小
と通用少納言竹
補ひしのしし

女芝露孕祕籬前　江公位保翳侘敷
秋風吹來將排却　可惜草木且濫落
女倍芝移秋之程緒見手根障還手露曾折鶴
華花與女郎交袂　烟霞相催草木宜
天都秋山埜恫怜　凬露染手秋腸斷
秋之野緒皆歷知砥手少別丹潤西袂哉花砥見湯濫
是苍中偏不愛郎　萬山都併花歷年
知行華芝劣潤別　馥散野人醉〇〇

二十七オ

なつよみてありけれはかう
に切れたれはつかれたる
にさうられとさりかう
の字ハ行文なりかしハ
あるさと同韻にて通
はれハあらされをさり
られとらるゝ也此例
またあり

首尾吟歌

露流ハ露易をうつか
やすかれ

260
毎秋丹折行良咩砥女倍芝當月緒待乃名丹許曽佐里介礼

毎秋往良芝良折　當日相對猶不古

藝能敢取丹名禮　毎秋往良芝良折

261
秋風丹吹過手來留女倍芝目庭不見祢砥風之頻礼留

秋風觸處露不閑　吹過浪花岸前發

竹葉隱低自引盃　相說黎民女宴盛

262
泛成砥名丹曽立塗女陪芝那砥秋露丹生添丹兼

秋霧泛灔添丹生　名兼成立曽無那

古今秋上　朱雀院のをミなへし
女郎花合に讀て奉
るとて　よみて
くる秋風ハ

姿の字すかたといふよ
むすし万葉にて風流
をとらしとよみ
て見るをもてあそふ
事なり

いにしへの二句乃字
わちて知るへし

263
女倍芝往過手來秋風之月庭不見砥香許曾驗介礼
池內水文水雨紊　霧中叢併葉色薄
婆母過年自往來　庭前單香倍芝驗
秋風往山野寂寞　寒風來空堂閑等

264
女倍芝人哉見都濫三吉野之置白露之姿緒作礼留
姿人留欲無見不得　花愛枝賞白露散
等觀莖翫心猶冷　俄喘息紅色遷移

265
女倍芝此秋而已曾已瞻杵緒玉砥貫手見江南

夫木第十二秋二 昌泰元年亭子院歌合女郎花 読人不知 勝句秋部て
うつし物語おふの仗
あらかねのつちのしたより
秋へてけふのうらてを
られしかりける

古今秋上 朱雀院の
女郎花あはせに読て
奉りける 左大臣 時平

繋疑繫字乎

秋暮行草木寂寞　花宿白露無盛時
寒風俄來禮五連　女郎何惜留花匂
荒金之土之下丹手歷芝物緒當日之占手丹逢女倍芝
貞女香含吐黄金　秋野行人服皆匂
芝草逢者奢侈花　摘柯取○共不愛
女倍芝秋之野風丹打靡杵心一緒誰丹寄濫
秋風花繋草木靡　誰許寄濫止野陵
濤奢凬侈林不閑　雲帳要凝池不明

夫木十一秋二昌泰元年
亭子院にて女郎花合
[illegible]

268
乍枝花秋風丹散治鞆色緒原分那野之女倍芝

柯花俟秋風分散　池色隨起浪移落
花柚玉色易遷移　郁女時々來問訊

269
長霄緒誰待兼女倍芝之人待虫之毎秋丹鳴

秋月霄長光猶富　誰知九重似官量
兼識天地陰陽氣　素髮何歲他來秋

270
秋之野緒定手人之不還禰者花之○者不遺介里

秋野物色都何怜　路頭遊客花色詠

々当改作久

父疑久乎

折野ハ名所なりときこゆ
へしかさくとてかん料の
枕云ありけるをやうて下さ

271
山中狩人柯先吟　無遺花上蝶羽匂
朗丹裳今朝者不見江哉女倍芝霧之籬丹立翳礼筒
月朗秋夕見恂怜　早朝閑坐眺黄菊

272
霧帳月眉翳不明　風羽扇夕塵無晴
夕方之月人男女倍芝生砠裳野邊緒難過丹爲
父女郎不見心焦　月男別往併難逢

273
幼見野草與芝花　風吹催○林隈物
女倍芝折野之鄕緒秋来者花之影緒曾假廬砥者世留

秋くれハ花乃[illegible]
[illegible]

野草芳菲紅錦亂　鶴響雲館紫丹凝
來秋花影尤盛空　草木靡柯似舞袖
打敷物緒思歟女倍芝世緒秋風之心倦介礼者
打乱緒秋風收倦　世緒女郎皃絕鐃
芋野鳴鹿幾戀愛　林枝○鳥且耽鐃
君丹依野邊緒離手女倍芝心一丹秋緒認濫
為君栽芝草今開　手掘池沼蓮馥匂
在ヒ處ち玉盞淚　丹沿ヘ草見玉景美

三十オ

女倍芝之秋在名緒哉立沿濫置白露緒潤衣丹服手

良芝秋花最勝宜　泛名衣潤野客服

白露服複仙人狎　手抱歌儛共莚宴

女倍芝之折手丹潤留白露者嫉花之涙成介里

花見嬾秋風嫉音　人聞寰中寒氣速

晴河洞中浪起早　露白烟丹姤涙聲

露草丹潤曽保知筒花見砥不知山邊緒皆歷知丹杵

草露潤袖増秋往　山邊保花怱落堆

左今物名をとるへし
友別　あさ露をまけ
そをちて花をもとめ
そのやうをとるへし
アそねる

若逢真婦女郎者　可惱生死遙別行

新撰萬葉集卷下終

以詩續歌號菅家萬葉集菅家撰也二卷書也序曰
寛平五載秋九月廿五日下卷延喜十三年八月廿一日云云
是他人撰也或説源相公説云云　如何
寛永十年霜月十七蓂　光廣

元禄九丙子年三月吉旦

京二条通松屋町
武村市兵衛
大坂内本町
吉田九左衛門
同北御堂前
毛利田庄太郎

新撰万葉集の諸伝本

かつて新撰万葉集の伝本に関して書いた三編は、いずれも性質の異なる書籍・雑誌であった。今、これをまとめた形で、諸伝本の概略を示しておく。

「新撰万葉集の伝本に関して」「国語国文」四六巻五号　京都大学国文学会　（昭和五十二年　五月）
「新撰万葉集の伝本に関して（続）」『論集日本文学・日本語　二』　角川書店　（昭和五十二年十一月）
『新撰万葉集』解説　京都大学国語国文資料叢書　臨川書店　（昭和五十四年　四月）

『新撰万葉集　校本篇』（昭和五十六年九月）に採録した諸本は、次の通りである。

版本（版）

寛文　七年版本　（寛）「寛文本」
元禄　九年版本　（元）「元禄本」
元禄十二年版本　（再）「再刊本」
文化十三年版本　（文）「文化本」
群書類従所収版本　（類）「類従本」

写本

内閣文庫蔵・和学講談所本　（講）「講談所本」

京都大学文学部蔵本　（京）「京大本」
大阪市立大学蔵本　（市）「市大本」
天理図書館蔵本　（天）「天理本」
書陵部蔵・文化七年写本　（書）「書陵部本」
書陵部蔵・藤波家本　（藤）「藤波本」
内閣文庫蔵・林羅山本　（羅）「羅山本」
無窮会蔵・八雲軒本　（無）「無窮会本」前本と併せて（八）「八雲軒本」と呼ぶ
永青文庫蔵・細川家本　（永）「永青本」
久曾神氏蔵・原撰本　（久）「久曾神本」前本と併せて（原）「原撰本」と呼ぶ

諸本相互関係の概括

まず、諸伝本の性格を、先入観なしに概観してみよう。そのために、それぞれの伝本が抱えている単独異文を調べてみる。単独異文とは、その本の、他のすべての伝本と異なる文字を有している箇所のことをいう。序のない本もあるので、序・題詞などの部分を省き、和歌、その訓、漢詩およびこれらに対する注記に分ける。

何を異文と見るかは問題も多いが、漢字の場合、正俗略等の別は採り上げないこととする。ただし、渡—度、藍—濫—監、倍—陪など、本来別字のものは同一視しない。字体が崩れて判別し難いような類も多いが、これは適宜扱う以外にない。

これらの異文を数量化するに当たって、脱字、衍字、異字は、通常漢字一字ごとに一か所と数えたが、成—那利、美衣―養など、一方が一字に相当する場合や、無程―程無など位置の転倒する例は、これを一か所とした。注記の場合は、「恋一古」「読人不知」などの出典・作者に関するものなど、それぞれ一か所とし、異文の注記も同一文字に対する注は一つと数えた。従って、仮に「恋古」とあれば「恋一古」とは別の注として扱う。「接ィ」「透他本」などの「イ・他本」などの有無は無視したが、「響歟」などの「歟・カ」の類は採り上げる。なお、版本に対する後人の書き入れは無視したが、写本の場合は朱注その他別筆の書き込みも、差し当たり区別しないで採り上げた。ただ、書陵部写本で類従本から移したことの明らかな注は除いた。和歌の訓は、歌・詩の本文とは伝承の性格がやや異なるから、五音七音の句を単位とし、なお、その句に全然訓が付されていない場合と、一首すべて無訓の場合を別格扱いとした。詩の訓読は今回は対象としていない。

　以上の基準によって得られる単独異文は、第一表のようになる。

　ここに現れる数値は、諸伝本の性格の一端として、その本の独自性を表わすものではあるが、単独異文として現れる原因は一つではない。例えば、永青本の歌本文の異文が多いのは、これが他本と系統を異にするためと、同じ系統の久曾神本が虫損が多いためである。この本の訓の異文が少ないのは、付訓がごく稀だからであり、下巻に詩がないから、詩の異文は歌本文より少ないのである。藤波本の異文の多さは書写態度の問題であろうし、元禄版本

第一表　単独異文

	諸本	寛	元	再	文	類	講	京	市	天	書	藤	羅	無	永	久
歌	本文	1			1	30	44		6	17	15	62	2	9	116	20
	注					20	20		3	4	11	5	3		14	5
訓	本文	29		2	3	6	10	1	13	3		38	5	16	2	2
	注	15			1	2	33		4	3	11	10	10	2	1	
	一句無	31				24	1		3	1	18	78	2	1		
	全歌無										3	2			1	1
詩	本文	2	1	1	2	68	49	5	18	39	25	102	30	16	62	20
	注	2				63	81	11	8	61	17	42	12	2	13	7

の少なさは、同じ版木を用いた再刊本があるからである。これらの原因分析は他の方法によらなければならない面が多いが、当面、元禄、再刊、文化の三版本と京大本の異文がごく少ないことが注目されよう。これはよく似た内容の本があるためと考えられるので、次に二本にのみ共通する異文を第二表として掲げてみよう。

　この場合も、二本間の親近性と、その二本の他本からの乖離性が総合されて数量化されるので、この数値を直ちに比較するわけにはいかないが、永青・久曾神二本が、その和歌に訓がないことをも含めて、独自の系統に属する本であることは明確に

第二表　二本間共通異文

	歌 本文	歌 注	訓 本文	訓 注	訓 無句一	訓 無歌全	詩 本文	詩 注
寛—類			2					
—講				1			1	
—書	4	8	1		1		11	4
—藤	1		5	5	7			1
元—再	1	1	4	2			2	3
再—文				1				
文—羅				1				
類—講	1							
—市					2			
—天								1
—書			4	3	295	6	1	
—藤	1		1		12		2	
—羅							2	
—無	2						21	5
—永	1							
講—京							1	
—市				1				
—天		1		1			3	2
—書	1						2	
—藤	25	6	3	3	2		16	35
講—羅			1					1
—永	3							
京—市	11	6	2	3			45	57
—天	2	7	1	4	2		1	6
—藤							1	
市—天	3	1	3	1	1		12	3
—藤	1						1	
—羅			1					
—無			1					
天—藤					1			
—永	1						1	
書—藤					10		2	
—羅								1
—永	1							
藤—羅					2		2	
—無	1						1	
羅—無	25	9	32	7			60	25
—永							2	
無—永							2	
永—久	454	11	3	1	4	135	102	5

なる。また、無窮会本と羅山本、京大本と市大本、講談所本と藤波本などの近さもうかがわれるし、書陵部本の訓が類従本によること、その類従本も付訓が少ないことは、ここからも推察できる。しかし、例えば元禄本と元禄再刊本の近さは、この表には計上されない。従って次に、三本間の共通性も考えてみなければなるまい。

　十五本のうちから任意の三本を採り上げた組み合わせは四百五十五通りある筈だが、歌本文で十四、注で十、詩本文で二十七、注で九、という具合に、三本間のみの共通異文が現れる組み合わせは意外に少ない。とはいえ、わずか一個の共通異文を持つ組み合わせなどは、多分に偶然的なものであろうから、そのすべてを表示することは意味が少なかろう。そこで、「歌本文」などの各項上位三つを採り上げて表示すると、第三表のようになる。

　これによれば、京大・市大・天理三本のグループが、その内部での親近さを保持しつつ、諸伝本の中でやや特異な位置にあることが明らかになる。これに次ぐものは元禄以下の版本であろうし、類従・羅山・無窮会の三本であろう。むろん、元禄十二年本は九年本の版木を用い、文化刊本は元禄版本を基にしたものである。類従本が無窮会本に依ったであろうことも既に指摘されているし、羅山本には無窮会本の副本である旨の奥書がある。原撰本系に付訓の少ないことは既に見

第三表　三本間共通異文―抄

		寛―元―再	類―書	講―藤	書―藤	元―再―文	類―市―書	書―藤	羅―無	永―久	講―京―天	羅―無	京―市―天	書―永―久	藤―永―久
歌	本文				8				46				53		
	注					22					6		30		
訓	本文	3		3		53							19		
	注					17						3	16		
	無句一		4				4	114					28		
	無歌全									6				5	10
詩	本文					36			143				193		
	注					51			17				56		

たとおりだから、これと、続いて付訓の少ない類従・書陵部・藤波三本との関係が指摘されても、これは系統弁別にはあまり役立たない。

こうして、京大・市大・天理の三本、元禄・再刊・文化の三版本、類従・羅山・無窮会の三本が、それぞれ一グループをなしていて、その間の親近性と他伝本との乖離性が強いことがかなり明瞭になってきた。が、三本間のみの共通異文だけでなく、二本あるいは三本に共通する部分を拡大して考えてみる必要があろう。もっとも、そのすべてを計算に入れたのでは、各本間の共通部分が大きくなってしまって、差が目立たない。そこで、各伝本に本来存在する筈の歌・詩の本文では、十五本中七本以下に共通する箇所を採り、付せられないことのありうる注については、その付注すべてを採り上げ、この中から、まず特定の二本に共通する箇所を選び出してみる。

具体的作業としては、「愁人慟哭」(寛)の「愁」が、類・藤・羅・無・永・久に「秋」となっていると、類―藤、類―羅、藤―羅などの十五の組み合わせについてそれぞれ一か所を計上し、それぞれの組み合わせごとに集約することになる。このように処置すると、二本間のみの異文より他本からの乖離性が薄れて、その二本間の親近性が強調されることとなる。いま詩本文についての数値を掲げると、第四表のようになる。

第四表 詩本文・二本間共通箇所集約

	寛	元	再	文	類	講	京	市	天	書	藤	羅	無	永
元	159													
再	160	221												
文	159	218	220											
類	33	21	21	22										
講	33	25	26	26	94									
京	7	9	10	10	63	146								
市	9	10	11	11	68	147	422							
天	28	36	37	37	58	114	339	324						
書	205	152	154	154	28	34	6	8	26					
藤	82	47	47	46	73	102	56	59	40	83				
羅	13	5	5	5	277	102	79	84	62	11	79			
無	13	4	4	4	304	101	78	84	58	11	76	371		
永	7	5	5	5	31	14	26	28	18	5	9	38	38	
久	5	2	2	2	27	12	22	23	12	3	8	32	31	152

この表についてみると、例えば寛文版本に関しては、書陵部本や他の版本との関係と、その他の諸本との関係の間には相当な差があることとか、この本が他の三種の版本に対してほぼ等距離にあるとか、予想通りの結果を読み取る

ことができる。従って、この数値はかなり有効性を持つと考えられる。そこで、詩と歌の本文と注について、親近性の認められるものだけを抽き出してみると、第五表のようになる。

これは二本間の組み合わせのみであるが、それでもなお、各面で京大・市大・天理の三本間、続いて類従・羅山・無窮会の三本、元禄以下の三版本の間、そして永青・久曾神の二本間の近さが目立つほか、書陵部写本と講談所本が他の各本との間に親しさをみせているといえよう。また、版本三種間の距離がきわめて近いこととか、京大本グループの中ではわずかに京大—市大の方が近く、ただ歌の注の場合だけ市大本がやや違った傾向を示す（市大本は注を落していることが時折ある）とか、類従本の依ったのはやはり羅山本よりは無窮会本であろうとか、講談所本・京大本・市大本・天理本四本間の歌の注が特異である（この四本だけに出典・作者に関する注が多い）というようなことが読み取れるのである。

第五表　二本間共通箇所集約—抄

	歌		詩	
	文本	注	文本	注
京—市	125	122	422	242
京—天	113	129	339	173
市—天	114	116	324	163
類—羅	107	20	277	97
類—無	109	20	304	103
無—羅	146	48	371	142
元—再	107	46	221	115
元—文	105	44	218	115
再—文	105	44	220	115
書—寛	102	32	205	67
書—元	81	18	152	44
書—再	81	18	154	44
書—文	80	17	154	44
講—京	30	94	146	132
講—市	28	83	147	124
講—天	28	91	114	111
講—藤	64	46	102	145
講—羅	30	33	102	93
講—無	27	29	101	91
永—久	505	11	151	102

念のために、同様にして、歌本文の中から三本間の共通箇所を抽出して、多い順に並べてみると、第六表のようになる。これで、第五表から推定されたことは確実に裏付けられよう。そのほか、書陵部写本が版本と深い関係がある（この本は、寛文版本と類従本の校合を目的として作られたものと推定できる）ことは判明するものの、おおむね第五表から推測できることが多

第六表　三本間共通箇所集約—抄

順	組合せ	数
1	京—市—天	110
2	元—再—文	105
2	類—羅—無	105
4	寛—元—再	88
5	寛—元—文	87
5	寛—再—文	87
7	寛—元—書	81
7	寛—再—書	81
7	元—再—書	81
10	寛—文—書	80
10	元—文—書	80
10	再—文—書	80
13	寛—書—藤	49

いので、二本間の関係を探ることで足りてしまうともいえよう。

しかし一方、例えば京大・市大・天理の三本のグループが他のいかなる本と系統を同じくするかを探る必要もある。そこで、四本間のみ、五本間のみの共通異文から、目に立つ組み合せを選び出してみよう。前者は第七表として、後者は第八表として掲げた。

第七表　四本間共通異文—抄

		寛・元・再・文	寛・類・書・藤	寛・講・書・藤	類・講・書・藤	類・書・永・久	類・藤・羅・無	講・京・市・天	京・市・天・藤	羅・無・永・久
歌	文本	4		6			3	4		3
	注			1				38		
訓	文本	31					2	3	2	
	注	2					1	10	1	
	無句一		9		5			2	4	
	無歌全					33				
詩	文本	3	1	1			15	3	1	2
	注	3		5				3		

第八表　五本間共通異文—抄

歌				詩			
文本			注	文本			詩
寛・元・再・文・書	類・羅・無・永・久	類・講・藤・羅・無	講・京・市・天・藤	寛・元・再・文・書	類・講・藤・羅・無	講・京・市・天・藤	講・京・市・天・藤
44	16	11	5	77	17	17	17

ここからも四版本間や、講談所・京大・市大・天理本間の親密性がうべなわれるとともに、前者には書陵部写本が、後者には藤波本が近い可能性が示唆される。もっとも、六本のグループを作ってみると、藤波本は、前者すなわち版本・書陵部本と同一グループをなして、歌本文で二十八、詩本文で二十四、詩注で八と、ともに第一位を占める共通異文を有するから、この藤波本を接点として、版本グループ（書陵部本を含む）と京大本グループ（講談所本を含む）の双方の接近も考えられる。

以上概観したように、新撰万葉集の十五種の伝本は、それぞれの抱え込んでいる異文と、その相互の共通性とから、寛・元・再・文・書のグループ

講・京・市・天・藤のグループ
類・羅・無のグループ
永・久のグループ

に分けられる可能性が高いことが判明する。この中でもっとも遊離的なのは藤波本であって、これを除く四つのグループ内部の親近性はかなり高い。従って、グループ同士はやや離れた存在といってよい。

版本に関して

流布本系の版本には、寛文七年（寛）、元禄九年（元）、元禄十二年（再）、文化十三年（文）の刊記を有するものと、群書類従に収められたもの（類）がある。実はほかにも同一の版木を用いた後刷り本が存在する疑いもあるが、一応この四種としておく。元禄九年版本は、寛文の版本を基に、僧契沖が頭注を加え本文を校訂し、下巻序と奥書、それに自らの序を付加して印行したものである。元禄十二年版本は、これの後刷り本。文化十三年の版は、賀茂季鷹閲、河本公輔校によるもので、元禄の版本を基にしており、これと大差はない。従って、以上の四版本はすべて同系のものである。群書類従所収の版本については、後に詳述する。

寛文版本には、下巻の序と奥書がない。これを欠く伝本は、書陵部写本と原撰本だけである。書陵部本は寛文版本に依ったものと見てよいし、原撰本はその内容からいって、寛文版本の底本とは到底考えられない。現存伝本の多くがこの序と奥書を有するし、そのことは和歌現在書目録・八雲御抄の記事ともほぼ一致するのであるから、古くから伝来していたものと思われる。現在消滅した古伝本があっても、それらもこの両者を有していた可能性が強い。

寛文版に先行する版本は存在しなかったようである。寛文本の内容は、書陵部本との類似は別格として、藤波本、次いで講談所本と親しいとはいえ、他伝本とそれほど強い類似性をもたないから、寛文本の依った本に下巻序などを有しない本があった可能性も無しとはしない。だが、そのような本は、まだ捜し当てていない。一方、菅公撰という伝承と道真没後の延喜十三年という下巻序の日付との矛盾に思いを致した者が、書写あるいは印行に当たって、下巻序とこれに関連のある奥書を削ってしまったことも考えられないわけではない。

元禄九年の刊記を持つ版は、内容上から、寛文本を基にしていることは明らかである。新たに付加した序で自らいうように、契沖が頭注を加えた草稿をある御許に奉って、その返礼に貰った下巻の序と奥書を付して印行されたものである。このことからも、寛文本を底本としたことは明瞭になる。この奥書というのは、「寛永十年霜月十七蓂　光広」を指しているかと思われるが、寛文本にはない

以詩続歌号菅家万葉集菅家撰也二巻書也序曰寛平五載秋九月廿五日下巻延喜十三年八月廿一日云々　是他人撰也

或説源相公説云々如何

という、上下両巻の日付と編者に関する勘物も含まれているのであろう。

現在この序と奥書がそれほど珍しくないとすれば、「よき本をたまはれることもや」という下心を持っていた契沖が、これを貰って「漿を乞ひて酒を得たり」というほど喜んだかどうか。「ところどころにかきくはへられたることもあり」とは、何処に付加されたものか。下巻序や奥書を備えた別本を貸与されたのではなかろうか。

契沖が貰って元禄版本に付した下巻の序は、他本との異同を調べてみると、京大本系統のものらしい。京大系三本との本文の異同は三か所である。元禄本の「何怜」が、京大・市大・天理三本と講談所本・藤波本では「何怜」とある。万葉集の用字を熟知していた契沖が正したものであろう。なお、講談所本・藤波本では「何」に「阿ィ」と注がある。これが一か所。次に「鉗口」が、京大、市大「餌口」天理「箝口」講談所・藤波・無窮会・類従「餔口」とあるところ。そして末尾「迂筆爾」に「云」が加わっている箇所。注の部分では、三、四か所が異なる。これに対して、

講談所本とは本文八か所、注六か所。藤波本が本文十一か所、注五か所。無窮会本は本文十四か所、注五か所。類従本は本文十六か所、注八か所の差がある。契沖が貰った下巻序は、京大本のものとごく近いものであって、八雲軒本とはやや距離がある。つまり、「或御許」にあった本は京大本系のものである。

元禄版本は寛文本とはかなり異なった字面を有している。序の中で先行本（寛文版本）にかなりの不満をもらしている元禄本が、恣意によって書き改め、または追加した箇所が多いのである。この際、一本が手元にあれば、当然これと比較校定を行なうであろう。しかし、和歌・漢詩の注で「―歟」「未詳」などの形で追加されたものは、そのほとんどが元禄・再刊・文化の三版本間のみの共通異文で、時に類従本に引き継がれているだけであることを思うと、逆に、和歌・漢詩本文の場合も、三版本間のみの共通異文は、契沖が自らの学識によって補訂を加えた部分と見ることができよう。既に第三表以下で眺めてきたように、これらの例は相当な数にのぼる。

元禄以下三版本に共通して存在する作者・出典に関する注記は、頭部別欄にあるものを除くと四か所で、いずれも漢詩についてである。うち二か所は「朗詠萩」（四三番）および「朗詠竹」（一五六番）で、これは三版本にあるから、契沖の注であろう。「新朗詠上」とある三一番と六三番の場合には、京大系・講談所・藤波の五本にも存在するので、これらは共通の祖本から受け継いだものであろう。ただし、三一番の場合には、他五本には「端午詩」が付加されている。

多少の差異を無視すれば、京大本系に存する作者・出典に関する注は、六十七か所と数えられる。うち、京大本落丁の箇所（これについては後に触れる）に当たるもの六、市大本に落ちているもの（これも後に触れるところがある）五、天理本が落しているもの一か所である。この六十七か所のうち、講談所本にも共通するもの五十七、藤波本とは七、原撰本にあるのが二か所である。このほか、講談所本独自のもの四、永青本に五、久曾神本に四（うち三か所は永青・久曾神共通）である。このことから、少なくとも講談所本と京大本系の祖本にはこれらの注があったと考えることができる。そのうち、漢詩に関するものは八か所だけで、大部分は和歌についてのものである。従って、契沖がこの注記のある本を貸与されたとしても、和歌に関する部分は彼自身既に調査して頭注に書き込み済みだったのである。ゆえに、京大本系と元禄版本が出典注を二か所しか共有しないからといって、無縁と断ずることはできない。八雲軒本系には、これらの注記が一切ない。

右のほかにも元禄本が寛文本とは異なり、他のある伝本と共通する文字を有している場合もある。これを第九表として示す。ここでは、まず寛文本と元禄本の差異のある箇所を採り上げた。そこから寛文・元禄両本の単独異文、およびこの両本間のみの共通異文を除いた。これらは元禄本の影響関係を見るのに役立たないからである。注の場合は、元禄本の方が脱落している例を除いた。脱落は他本の影響なしに起こることが多いからである。しかし、他の伝本の本文と元禄本の注が同一の場合は、影響がありえたものとして数に入れる。こうして、元禄版本と他伝本中の各系統の代表的な本との共通箇所を数えたものが、第九表である。

第九表

	歌	詩	歌注	詩注
講	11	33	9	18
市	16	42	11	19
藤	0	33	2	6
無	13	41	9	13
永	13	21	6	4

ここから、元禄版本が参考にした本があるとすれば、光広の奥書を共有する京大本系のものである可能性がもっとも強いことが判明する。むろん、京大系三本のみの共通異文ははなはだ多く、版本間グループの結束もまた強く、数値的にはこの両者の間に講談所本や藤波本、時には八雲軒グループが介在することさえあるし、京大系の本文などが元禄本の本文注記として生かされている例も少ないのだから、京大系のいずれかの本を座右に備えていたとは断言しないほうがよい。もし契沖の手に渡った本があるとすれば、現存京大系三本というよりは、その祖本、また同系の他本と考えるべきだろう。しかし実際は、元禄本に落された他本の影ははなはだ弱いとしておくほうが無難である。

群書類従所収の版本は、和学講談所本によって版をおこしたのではなく、現無窮会蔵の脇坂淡路守蔵本に依っている。この本に関しては、八雲軒本とともに解説することとする。

京大本系諸本

京都大学文学部蔵の新撰万葉集写本は、縦約二十五センチ、横約十八センチ、列帖一帖。本文は鳥の子紙両面書きで三折四十七丁、うち墨付四十六丁。奇数になるのは脱落が一丁あるからで、これは第二折の最外側の半片一丁分に当たる。内容に照らしていえば、上巻秋の部である。残片は巧みに補修されて第三折に付せられている。綴目は後のもののようであるが、他に本文には補修のあとはなく、表紙には手が加えられている。題簽は左上端にあったと推定され、今は剝離して、存在しない。大正二年に収められている。

大阪市立大学本は、昭和二十六年になって収められたものであるが、京大本と同一人の筆になるものである。大きさ、紙質ともに京大本に酷似している。脱丁はない。題簽は表紙中央上部に「詩歌」と書かれたものが貼ってあるが、後のものであろう。『京都大学国語国文資料叢書　新撰万葉集』（臨川書店）の中に写真を挿入しておいたので、参照願えれば、およその想像はつくかと思われる。

天理図書館本は、これらとは別筆である。表紙には「新撰万葉集　上下合本」と書かれている。

三本とも、巻頭にあるべき序を欠いており、「新撰万葉集上」として、ただちに「春歌」に入る。現在までに調査した範囲では、上巻序を欠く本はなく、「春歌」の前が「新撰万葉集上」となっているのも、この三本だけである。序文の前に「新撰万葉集巻上」とある本は多い。序文の後、「春歌」の前には、版本などが「新撰万葉集巻之上」とあるほか、「左右三百有首」とか「凡百十八首」とかが添えてあるのがふつうである。

下巻の序は、三本共にある。巻末には「新撰万葉集」とあって、行を改めて、「以詩続歌号菅家万葉集……」という、他本にもある奥書がある。さらに、京大本には

一校畢　寛永十年　光広卿
霜十七蓂　本也

とあり、この部分、市大本には

一校畢　寛永十年　光広卿
霜十七蓂　御蔵本也　拝領

とある。これに似た奥書は、前述のように、元禄・文化の版本に「寛永十年霜月十七蓂　光広」とあるのみである。元禄本のこの奥書は、契沖が頭注を加えた本を「ある御許」に奉った際、「写して返したまふ時に彼下巻の序と烏丸大納言光広卿の奥書を賜」ったとある、その奥書であることは確実であろう。とすれば、その「ある御許」にあった本、もしくはその祖本である光広所持本そのものが、「光広卿御蔵本也、拝領」と明記されている市大本で、京大本はその副本として作られたがために、「御蔵」「拝領」の四字を削ったと考えるのが、常識的であろう。しかしながら、市大本に関して、この推定は首肯しかねる。奥書はすべて本文と同筆だからである。光広所持本を拝領したのであれば、「光広卿」以下が別筆になるはずである。では、光広所持本の写しであろうか。だが、後に検討するように、市大本の方が、京大本の写しなのである。「御蔵」「拝領」の四字は、京大本の奥書の隙間に、市大本が補ったものと見るべきである。何故に市大本のほうにのみ、この形が残ったか。

想像を逞しうすれば、京大本書写の際の底本となったのが、光広拝領本であって、この四文字を有していた。京大本は拝領本ではないから、書写の際この四字を削った。市大本の写し手は同一人である。その後、何らかの事情と以前の記憶がこの四字を復活させたとも考えられる。とすれば、両本の底本は光広本ということになる。ただ、この祖本には伝写上のミス、判読能力のあまりな不足などが目立ち、書写者を光広と措定するにはためらいが多い。光広本の系統をひく、これに近いものであったろうと考える方がよい。

天理本を含めたこれら三本、所載の歌・詩など、流布版本と大差がない。歌や詩には多く訓が付され、朱注もある。出典や作者に関する頭脚注が豊富である。この三本間のみの共通異文が殊に多いことは、すでに「概括」の項で指摘しておいた。以下、少しく詳細に検討を加える。

○文字の出入りについて

和歌本文

言うまでもなく、新撰万葉集は、真名表記された和歌に漢詩が添えられたものであり、諸伝本は、多少なりとも歌にも詩にも訓み方を添えたものが多い。この集の漢詩は、たとえその一部が実質的に詩の名に価せぬものであるにもせよ、七言四句を定型としているのであるから、各伝本間で字数の多寡が生ずることは稀であろう。しかし、和歌を真名表記とする場合、この集では、正訓字・借訓字なども多く混在しているので、一首の表記字数に定型はない。従って、伝写の過程でその表記文字数に多少の出入りが起こりうるだろう。むろん、ある写本が脱したと推定される場合も、特定の写本の衍字と思われるものもある。まず、この点を手掛かりとしてみよう。

いま、脱字・衍字という質的区別をせず、ある伝本とある伝本とでは、その和歌本文のなかに、脱落・補入が何箇所あるか、その相互関係を調べてみることにしよう。諸伝本間のすべての場合を考えるのを省き、寛文・元禄・元禄再刊・文化の版本グループ、講談所本に京大・市大・天理の三本を加えた京大本グループ、無窮会・羅山・類従三本に比較の意味をこめて藤波本を加えた八雲軒グループを作り、それぞれ四本間の関係において比較してみることとする。

第十表は、例を最下段に採ると、羅山本と類従本を比較した場合、「十」すなわち羅山本にはその文字があるのに類従本では脱落しているケースが七か所、逆に「一」類従本にある文字が羅山本に欠けるのが十七か所であることを意味する。京大・市大・天理三本間で、京大本落丁の箇所に関係する例は数に入れていない。この表では、やはり、八雲軒グループに入れてみた藤波本は他本とはかなりはなれた位置にあるし、京大本グループの講談所本も他の三本とはやや異なるといえる。そして、類従本は無窮会本を底本としたとはいえ、それをそのまま版にしたのではなく、他の何かを参考にして補っていることを暗示する。そして、京大本グループの中で、市大本が京大本の有する文字を落している箇所はあっても、その逆のケースがないことに注目しなければならない。

第十表　和歌本文の異同

	＋	−
寛—元	1	1
—再	1	1
—文	1	2
元—再	0	0
—文	1	0
再—文	1	0
講—京	19	9
—市	22	8
—天	21	9
京—市	3	0
—天	2	1
市—天	2	4
藤—無	37	37
—羅	34	37
—類	31	43
無—羅	1	4
—類	6	18
羅—類	7	17

和歌注

次に和歌本文に対して付せられた注を眺めてみよう。注の場合は、最初に規定したように、一つの注を纏めて取り扱い、その一字一字についての問題としなかったので、第十一表のような結果が出ているが、実際には、市大本に京大本には見えない注が加えられている事実はない。ただ以下の三例だけが京大本と違った形をしているのである。

	京大本	市大本
八五番1句	古雑上	雑古
一〇〇番1句	恋三古	恋古
二七六番5句	潤歟	王

最後の例は、京大本「問」、市大本「潤」の本文に対して付せられたものである。従って、市大本が京大本に比して少ないのは、頭脚注で四か所、本文注

第十一表　和歌注の異同

	＋		−	
	頭脚注	本文注	頭脚注	本文注
寛—元	0	15	0	27
—再	0	15	0	27
—文	0	16	0	26
元—再	0	0	0	0
—文	0	2	0	0
再—文	0	2	0	0
講—京	7	27	11	38
—市	11	37	11	34
—天	7	32	13	35
京—市	6	15	2	1
—天	0	12	0	4
市—天	2	12	8	18
藤—無	4	29	0	24
—羅	4	25	0	28
—類	4	33	0	31
無—羅	0	1	0	9
—類	0	27	0	29
羅—類	0	34	0	29

で十四か所となる。

漢詩注

漢詩に付けられた注の出入りは、第十二表のようである。この際も、市大本にあって京大本にはない注六か所という数値は、現実的ではない。これらの実際はいずれも、沼—昭、思—恩など注の文字が両本の間で異なっている場合か、芽—芦、絲—絃など本文自体が異字であるために、ここに参入される結果になったものなのである。

第十二表　漢詩注の異同

	＋		−	
	頭脚注	本文注	頭脚注	本文注
寛—元	0	34	4	64
—再	0	34	4	64
—文	0	34	4	61
元—再	0	0	0	0
—文	0	3	0	0
再—文	0	3	0	0
講—京	0	149	3	138
—市	0	155	2	127
—天	0	172	1	126
京—市	1	25	0	6
—天	2	92	0	67
市—天	1	90	0	81
藤—無	3	132	0	80
—羅	3	131	0	90
—類	3	138	0	112
無—羅	0	6	0	18
—類	0	46	0	70
羅—類	0	61	0	75

かくして、和歌本文、同注、漢詩注のいずれを採ってみても、市大本が京大本にある文字を落している例はいくつかあるのに対して、その逆の例がない、という結果が出てくる。これは、市大本が京大本そのものを写したことを証拠立てることになろう。つまり、市大本は京大本との間に親子関係にあることになる。そして、天理本は、京大本とは兄弟関係にあると認めてよさそうである。

むろん、京大本と天理本がまったく同一の本に依ったか、京大本ないし天理本がその間にいくつかの祖本を介在させはしなかったか、の疑いは完全には否定することはできない。が、後にも検討する異文のあり方からは、その可能性は薄いと思われる。一方、京大本と市大本の間には、介在する本はまず無かろうと思われる。なるほど、市大本は和歌や漢詩の注のいくつかを落している。これは他でも見られることであって、注とか訓とかの二次的なものに対しては、市大本はやや粗雑な態度をとっている。しかし、概括の項でも見たように、歌・詩の本文のような基本的な部分では、京大本との異文はごく少数である。これはかなり厳密な態度で京大本を直接に写し取ったからと推定する根拠となろう。なによりも、両本は同一人の手で書かれているのである。

○異文について

和歌本文において、市大本が京大本と異なる字面を持つと認められる箇所は、次のようなものである。

和歌本文

	京大本	市大本
五七番3句	鳴麋之	鳴鹿之
一二九番5句	惜周忌垂	周忌垂
一三〇番4句	春者往鞆	春往鞆
二一三番4句	不雪者奢	不雪者
二三五番2句	寤手裳	寝手裳
二七六番5句	問衣丹	潤衣丹

既に挙げた脱字箇所三を含めて、これだけである。これらの例は、手写の場合における人間の注意力の限界の中に十分入りうる程度の誤りと見てよかろう。歌本文の差異に関しては、京大本と市大本の間に他本を介在させねばならぬような例は、まったく無い。

ところで、右の例の場合、天理本はすべて京大本と同じ字面を有している。これは京大本と天理本の近さを物語るといえよう。天理本が京大・市大本と異なる字面を有する箇所は、歌本文の場合、数は比較的多い。しかし、その内容は、版本—濫、京大・市大—監、天理—藍という形をとるものが七か所、京大・市大—徒、版本・天理—徙が三か所、京大・市大—〓、天理—韓が二か所の三類型十二例を除くと、麛→鹿、麖→麻、芝→之など字画の少ない文字への変化や、動詞語尾表記の仮名の脱落（二か所）、明らかに京大・市大本の誤り（泮→洋、布→希、霧→露など、他本からも孤立しているもの）等、ごく限られたものになってくる。すなわち、京大本・天理本の間でも、いくつかの誤写を重ねた結果と見なければならぬものはまず無く、異文の箇所も少なく、そして既に検討してきたように、京大・市大・天理三本のみの共通異文の異常ともいえる多さは、京大本・市大本は親子、京大本・天理本は兄弟という、先の推定を裏付けるものといえよう。

和歌訓

和歌に付けられた訓の面からも、右の推定が可能かどうか。京大・市大・天理三本の間で、京大本が他の二本と違った訓を有しているのは、

五番5句　版本トメヨ、市大・天理トム、京大トムル（ただしルは朱）
一〇番2句　版本ニホハヌ、市大・天理ニホハス、京大ニホハヌ
一七五番1句　版本アキノノニ、市大・天理一句無訓、京大助詞ノだけあり

の三例だけであり、市大本は忠実に京大本を追っているといえる。しかし一方、ここでは市大本が京大本にない字面を持つ箇所が十か所にのぼる。衍字十か所は確かにある本をかなり忠実な態度で写したにしては多過ぎる感もある。が、これがいわゆる付訓であって、たとえ真名にしろ、そばに和歌の本文があること、そして、その和歌一首は人口に膾炙したものではないにせよ、句ごとに分解してみれば定型・類型化した表現が多いことも事実であるから、無意識に訓を付け加えることも容易であり、かつ有りうべきことである。例えば、一二番5句版本チリニケリは、京大・天理本にはチリしか訓がないが、市大本はチリニまでの訓を有する。二二番1句版本セミノコヱは、京大・天理では助詞ノが落ちているが、市大本にはある。三一番5句版本ワカクミユレハ、京大・天理ワカクミ、市大ワカクミユ。ほかに京大・天理にはない助詞ノが市大本に付けられているもの四か所であるから、他は、一七番2句ハツツム、一八番4句トヤココニ、一一四番2句シタという訓が多いだけである。他方、市大本の方が脱落しているのは三十か所

であり、市大本の誤訓とみられる異文も十二か所が数えられるから、京大本と市大本の関係は一方的であると認めてよい。市大本の訓の方が京大本より妥当と見なければならぬ異同はない。

京大本・市大本対天理本の関係では、京大・市大の方が付訓の少ない例十一、天理の少ない例が七である。異文では、京大・市大の訓の方が誤りと見られるもの四、天理の方が無理なもの二、と相互的である。そして、京大・市大の訓が少ないときは、むしろ天理本の筆者が付加したのではないかと思われる例が多い。

漢詩本文

漢詩の本文では、京大・市大・天理の三本がいずれも異なる文字で書かれているかと思われる箇所が、六一番3句(版本、草)二七七番3句(版本、洞)と二か所あるが、同一文字のつもりだろうと受けとれぬこともない。大体、京大本・市大本は全体が行書体に近く、天理本も和歌は行書体で書かれているが、いずれもかなり整った字形で、一字一字が切り離されて書かれている。天理本の漢詩は楷書体に近く、さらにきちんとした字形が使われているのであるが、これらに時折、相当に崩した草体の文字が現れる。ここには時に判読不可能なものがあり、また他本との異文となっていることも多い。例えば、三本間のみの共通異文を探していると、他本で辨、殺、欲、無、漢、達、帯、飛、亂などとなっている個所が、しばしば極端に草体化した文字で現れ、それが、殺―敬、欲―無、飛―亂―散などの異文と判定されるような字形となっていたりするのである。そのほか、四―問―間、速―達―迷、鏡―競―境、葉―乗―藥とか、若―谷、客―容、服―眼、寒―空、叫―川、哭―笑など、時に判別しがたく、時に誤りとなっている。

天理本は字形がきちんとしているだけに、誤った文字に戻していることがしばしばあり、同じ文字を京大本と市大本は草体のまま残しているケースも多い。そしてこの場合、「如本、本ママ」などの注記が付せられていることが多いから、これら三本の依った底本が総体的に草書体で書かれていて京大本や天理本の書写者が判読できなかったというのではなく、すでにその底本自体が、一部の難読文字を草体のまま残して「如本」などの注記を付していたものと考えてよい。天理本の書写者の方は、それに対して一部解読を試み、常体の文字に直したものの、却って誤りを招いたケースもあったのだと推測できる。

さて、詩本文において、京大本が市大・天理の両本と異なる文字を有するのは八か所。二四番1句「怨婦」の「婦」を京大本が異体字で書いているのを、市大・天理が「姉」としているもの。三六番4句「清談」の篇を誤って市大・天理が「淡」とするもの（以上、他本は婦・談）などである。なかには一四三番1句「翳処」を、京大本が「醫」としてその右に「翳」と注をした、その注の方を市大本が採って「翳処」と正している（天理本も同じ）ような例もあるが、すべてはちょっとした字体・字形の問題である。

市大本だけの異文は一応十九か所が挙げられるが、怪しげな文字もなるべく採っておいたためで、判読のしかたによっては五、六か所は減る可能性もある。六か所の脱字（京大・天理の恣意的な補入と見られる例はない）のほかには、憂→夏、催→惟、芽→芦、根→恨などへの変化や、先にも挙げた字体・字形の混同のような例ばかりである。

天理本の異文は多い。脱字は三か所であるが、ほかに朱で補った脱字一つもある。京大・市大本の「郭公鳥」を「郭公」としている所を脱字と数えればさらに九か所ふえるが、一句八字となってしまう。なお、二七番2句には天理本も「郭公鳥」とあり、その「鳥」の右に「本ノママ」の朱注があるので、「郭公」に「鳥」を補った誤りは祖本に遡るのであろう。天理本の書写者は、それを自らの判断で、以後「郭公」に戻している。また、京大・市大本で「郭公鳥」とあるのは上巻のみであって、下巻は「郭鶬」であり、天理本はこれも「郭公」と書いている（二か所）。ほかに天理本の異文は百二十八か所に及ぶが、京大・市大本「郎」が「良」になっているもの、およびその逆の例が十四か所、「莨」→「節」七、口篇が付いたり草体化して崩れた「歎」に対して通常の字体を有する例五、など類型化したものが多く、異文と判定するには及ばないような例も少なくない。当然、字形の類似による、京大・市大側か天理か、どちらかの誤りの例も数多い。ややかけ離れたものを探してみても、一五番1句「数種」→「数樹」、二八番2句「鼇通」→「鼇生」程度であるから、異文箇所が多いからといって、天理本と京大・市大本との距離が遠いとはいえないのである。

漢詩注

次に漢詩に対する注に触れてみよう。第一表などで使用したデータは、例えば「如本」という注と「如本空歟」という注を別個のものとして扱ったが、こんどは後者を「如本」と「空歟」に分解して、それぞれに分属させた第十三表を作ってみる。この表、「三本共通」の欄で「京欠」としたのは、京大本落丁の箇所にあるもので、落丁前の京大本にはその注が存在したと考えられるものである。校異字という欄は、詩本文の横（または下）に、別の文字だけ（時に「—也」の形もある）が記入されている例をさし、「—歟」というのは「空歟」のごとく、校異字に「歟、カ」が添えられたもの、「その他」は「字不足、一字落歟、不審、イ無」などの注記である。また、数値は京大・市大・天理三本のみに共通する注記を主体とし、他の伝本にも同じ注記のある例は、＋符号のあと（左）にその数値を挙げた。この表で、天理本に「如本」の注が少ないのは、例えば一〇三番3句「亂」が、京大・市大両本では草体化して「如本」の注があるのに、天理本でははっきりした字体になっていて、その注が省かれている、この類がいくつかあるからである。天理本の「本ノママ」は朱注であって、京大・市大の「如本」と同一箇所に付せられることはないので、この本の独自の注記と見てよい。「如本、本ママ」の方は、やはり底本に既にあった注と考えられる。京大・市大本はかなり忠実にこれを伝承しているが、天

第十三表　漢詩注の異同

注文	単独			二本共通			三本共通	
	京	市	天	京市	京天	市天	京欠	揃
如本	3	3	1	28	1+2		3	34+3
本ノママ			13					
本ママ				4				3
校異字	7+1	5+1	12+6	24+25	6+7	1	1	20+89
～歟			33+1	3				3
その他	2		2	3+2		1		7+5
作者出典				1				1+6

理本には「—歟」という朱注がかなり多いように、独自の反省的態度が書写時にも現れていると考えられる。
ちなみに、市大本の単独異文となった「如本」三か所はいずれも京大本落丁の箇所にあり、校異の文字または他の文言が注されている京大本との差九か所（市大・天理共通異文も含む）は、詩本文または注記の文字が、京大本とは少し字形の違ったものになっている程度のもので、完全に市大本独自の注と見るべきものは無い。ここでも、市大本が京大本を忠実に反映していることが、改めて認められる。

京大本系三本について

以上、和歌・付訓・漢詩、それらに対する注記、いずれの面からみても、市大本は京大本を直接に、しかもかなり忠実に写しとったものと考えてよい、との結論に達する。つまり、奥書を一見したところでは京大本が市大本の副本かとの推定もできそうであるが、もし副本という言葉を使うなら、市大本の方がこれに相当するのである。そして、市大本の書写態度の厳密さからみて、同一人の手になる京大本も、その底本を忠実に写し取ったものと考えてよい。とはいえ、時に思わぬ誤字誤訓に接することも少なくはなく、それが京大・市大両本のみの共通異文となっているところから、和歌や漢詩、もしくは文字そのものに対する書写者の学識は、必ずしも第一級のものではなかったと推察できる。それだけに自己流の解釈を差し挟まず、厳密な態度で底本を写し取ろうと努めたのであろう。
この両本に較べると、天理本の書写者の方が、書写の際に反省的態度を持している。が、恣意的に本文を改定するようなことはほとんどなく、ただ異体字や判別困難な文字に接した折にこの態度が顔を出すぐらいで、やはりかなり忠実に底本を追っているといえる。当然、これら三本にほぼ共通するような文字面は、これらの依った本に既にあったものと認めてよい。
この三本間のみの共通異文が非常に多く、それが伝写上の誤りと認められるような類の多いことは、この系統が流布本の中でもかなり粗雑な本であったといわざるをえない。奥書の示唆するごとく、その祖本と烏丸光広とのつながりを認めてよいかどうか、ためらわれるゆえんでもある。しかし、誤写が多いということが、他の諸本に較べて系統的に低価値のものだときめつけられることにはならない。京大本（あるいは京大本系諸本）の単独異文について、ほんの一端を垣間見ておこう。

例えば、

山何物色染深緑（一番詩）　淑如偸攣堪作簪（二番詩）　自此櫻花傷容情（三番詩）

移徒色丹人習藝里（四番歌）　艶陽氣谷有留術（五番詩）　豐灰警良早春來（八番詩）

などは、それぞれ、河、女、客、徒、若、節という他本の文字が正しい。字体の類似からくる誤りである。それが右のように、いわば軒並みに続出するのである。

しかし、

秋風觸處物皆樂（二番詩）

の「秋風」が春の部に現れるわけはないからといって、版本の「春風」が正しいとは必ずしも言えないだろう。これは八雲軒本や原撰本の「和風」を考慮に入れるなら、「秋」の誤写も、この文字の篇にだけは正しさを伝えている可能性も残っているのである。

若菜摘鶴人裳有哉砥（七番歌）

の助動詞ツルは、版本や八雲軒本に「摘久留」とあり、京大本も「久留」を注としては持ってはいるが、原撰本には「摘鶴」とあることにも意を払わねばならぬだろう。

雖春之花裳不匂山里者（一〇番歌）

の「之」は誤字ではあるが、本文「春立砥」注「雖春立」の流布本系諸本と対立し、これも原撰本本文「雖春立」と共通する文字面である。同様に

春者過鞆片身砥将思（一一番歌）

の末句に対する「思牟」の注も原撰本本文とのみ共通するものである。一方、

雲路成行文字照（一四番詩）　物手野春丹成須由裳艶（一九番歌）　花砥哉見留（二一番歌）

などは八雲軒本とのみ共通する字面である。そして、

家々處々遅中加（六番詩）　山桃灼々自然燃（一六番詩）　締衣初製幾千襲（二三番詩）

迷増禮留戀裳爲艶（二五番歌）

などは版本と一致する。これらの系統相互の関係については、なお考えねばならぬことが多い。

講談所本と藤波本

問題を京大本系三本から拡大するために、第四表で採ったのと同じように、十五種の伝本のうち七本以下の伝本だけが伝えている文字を、和歌、その訓、および漢詩から抜き出し、また、和歌・その訓・漢詩に対する注記はことごとく採り上げて、それらを二本ずつの組み合わせにそれぞれ計上して、二本間の共通箇所を算出してみる。まず、京大本系三本からみた、他本との共通箇所を、詩歌訓・本文とすべてを総合した形で、第十四表として表示してみよう。

京大本と市大本の共通箇所の多さ、および、両本から見た他本との共通箇所の非常によく似た数値は、他の十四本との親近度の順位がまったく同じであることをも含めて、この両本がきわめてよく似た内容を保有していることを、今更ながら見せ付けている。そして、天理

第十四表　京大本系三本からの異同

	京	市	天
京		1013	826
市	1013		811
天	826	811	
講	466	446	392
羅	273	265	212
無	262	253	202
藤	209	203	170
類	187	183	154
寛	76	74	96
文	68	65	97
再	68	65	97
元	67	64	96
書	66	63	83
永	43	45	38
久	32	35	26

本はこの両者ほどではないにせよ、この両本とほぼ等しい距離を保ちつつ、やはりよく似た内容を持っていることが看取される。

さて、この京大本系三本が相互に深い関係を有しながら、次に内容的に繋りを持つと思われるものは、既に指摘したように、講談所本である。そして、それに八雲軒グループ、版本グループ、原撰本と続き、それらのグループ間には相当の格差があり、グループ内部間の各本は、おおむね似たような数値で並んでいるといえる。ただ藤波本の位置が問題になるが、まず、講談所本の側からも、京大本系との親近性を確認しておこう。

講談所本

そのためには、共通異文の箇所を分けて考えたほうが便利なようである。まず、伝写の根幹になる和歌・漢詩の本文の共通箇所（詩歌本文）と、この和歌・漢詩の本文に付せられた注記（詩歌注）を対立させる。本文に対する書写態度と注記に対するそれとが、必ずしも一致しないからである。次に、この両者を加えたもの（詩歌）と、和歌に付せられた訓を対立させてみる。この訓は、訓に対して付せられた注記をも含む（歌訓）。傍訓が本文とは別に伝承されることもあるからである。さらに、和歌・その訓・漢詩の本文（本文）に対する、これらに付せられた注記（注記）との対立をみ、最後にすべての部分を総合した共通箇所（総合）を挙げてみる。講談所本からみた他本との共通箇所は、第十五表のとおりである。

やはり、各項とも京大本との類似が多いが、ここで注目されるのは、詩歌の本文における共通箇所よりも、その注の共通箇所の方が遥かに多く、本文全体と注全体を比較しても、上位にある京大本系

第十五表　講談所本との共通箇所

	詩歌本文	詩歌訓	詩歌	歌訓	本文	注記	総合
京	190	226	416	50	224	242	466
市	189	210	399	47	222	224	446
天	142	204	346	46	172	220	392
藤	170	192	362	54	215	201	416
羅	147	129	276	66	205	137	342
無	143	123	266	58	194	130	324
類	135	108	243	3	138	108	246
寛	47	75	122	55	99	78	177
文	35	61	96	36	71	61	132
再	35	62	97	35	70	62	132
元	34	62	96	35	69	62	131
書	44	74	118	6	49	75	124
永	27	1	28	0	27	1	28
久	19	1	20	0	19	1	20

では両者がほぼ同数となっている点である。これは藤波本でも見られる現象であるが、この講談・藤波二本以外では、注の共通箇所は本文のそれをかなり下回るのが常であるから、この両本の一つの特徴といってよい。特に講談所本では、先にも触れたように、京大本グループと共通して、かつこれら四本間にのみ存在するところの作者並びに出典に関する注記が多い。このあり方からみて、これらに共通する祖本がごく近くにあったことを推定してよかろう。ただし、上巻の序を欠くことをはじめ、京大本系三本間独自の異文も多いから、京大本と講談所本の間に直接の親子関係を想定することは到底無理で、また、京大本の直接に依った本と講談所本の底本を同一とすることも出来まい。

藤波本

第十五表で、京大本グループの中に入り込んでくる藤波本の内容を考えてみよう。藤波本からみた他本との共通箇所を、多い順に並べてみると、第十六表となる。いずれの項においても、藤波本にもっとも近いのは講談所本、遠いのが原撰本であることは変わらないが、その間の順位はかなり乱れ、しかも同一グループに属するとみられる伝本が必ずしも隣接した位置を占めてはいない。これは共通箇所の数値が一位から十四位までかなり接近したものであることに大きな原因があろう。共通箇所の総合値について、京大本と他伝本との変異係数をとってみると、一一

第十六表　藤波本との共通箇所

順	詩歌本文		詩歌注		詩歌		歌訓		本文		注記		総合	
1	講	170	講	192	講	362	講	54	講	215	講	201	講	416
2	寛	132	京	122	寛	217	寛	50	寛	173	京	124	寛	267
3	書	132	市	115	書	215	羅	34	書	141	市	117	羅	234
4	羅	105	天	102	羅	200	無	26	羅	137	天	104	書	225
5	無	103	羅	95	無	194	京	19	無	128	羅	97	無	220
6	類	97	無	91	京	190	市	19	類	102	寛	94	京	209
7	元	81	寛	85	市	184	天	18	元	99	無	92	市	203
8	再	81	書	83	類	177	元	18	再	99	書	84	類	182
9	文	80	類	80	天	152	再	18	文	98	類	80	天	170
10	市	69	元	61	元	142	文	18	市	86	元	61	元	160
11	京	68	再	61	再	142	書	10	京	85	再	61	再	160
12	天	50	文	60	文	140	類	5	天	66	文	60	文	158
13	永	13	永	0	永	13	永	0	永	13	永	0	永	13
14	久	10	久	0	久	10	久	0	久	10	久	0	久	10

三・〇、市大本では一一四・三、天理本が一〇七・六であるのに対して、藤波本は五一・一にしかならない。また、藤波本とこれにもっとも近い講談所本との共通箇所は四一六であるが、ある伝本とこれともっとも親近性を有する他の一本との間に現れる共通箇所としては、これは最小の数値である。

つまり、藤波本は、いかなる部分をとってみても講談所本とよく似た内容を持っているが、それは他のある伝本が親密な他の一本を有しているほどの、その親密さには及ばないのである。また、明らかに原撰本とは離れた位置にある（これは原撰二本からみても、藤波本は各項とも共通箇所は最低である）。しかし、これらを除く十一本とは、ほとんど区別できがたいほどよく似た距離にあるという特殊性を持っているのである。単独異文のもっとも多かったのも、この本である。

具体的にその単独異文の一端を眺めてみると、

上苑→上花（二番詩2句）　　移徒→移従（四番歌4句）
網丹→綱丹（五番歌2句）
（ハナ）チラバ→（ハナ）チラス（五番歌3句）
（コマ）ナベテ→（コマ）ノヘテ（七番歌1句）
曠野→廣野（七番詩1句）　　茵宿→茵宿（七番詩3句）
境埆→境埆（一〇番詩1句）　　不毛→不色（一〇番詩2句）
タチテ→タテテ（一四番歌2句）　　羽褭→羽邑衣（一七番歌2句）
ハルニ→ハルモ（一九番歌4句）
ウチハヘテ→ウチナヘテ（二〇番歌5句）

などが春の部に現れており、つまらないミスが多いといってよかろう。しかしながら、これらの異文はその本の書写態度乃至筆写者の素質、あるいは底本の質の問題とはなっても、系統弁別の役には立たない。これに役立ちそうな異文を同じ上巻春の部から拾い上げてみよう。

	寛文本	藤波本	講談所本	京大本	羅山本	永青本
一詩2	細雨	欠字 細雨歟	欠字	欠字	艹 下欠字	芳雨
二詩1	春風	秋風	秋風	秋風	和風	和風
四歌3	立春者	同 春立本	同 春立一本	同 春立作本	同	春立者
四歌3	ハルタテハ	タツハルハ	タツハルハ	ハルタテハ	ハルタツハ	無訓
七詩3	駒犢	同 特	同 特	駒特 犢	駒特	駒特
一〇歌1	春立砥 雖春立	同 雖春立	同 雖春立	雖春之 春立砥	雖春立	春立砥
一〇歌4	懶軽聲	同	嬾軽聲 懶	嬾軽聲	同	同
一〇詩2	不芼 不毛	不色 芼	不色 芼	不毛 色	不毛 芼	不毛
一一詩1	早梅	梅花 早梅	梅花 早梅	早梅 梅花	早梅	梅 上欠字
一二歌5	且散丹藝里	且散丹ケリ	且散丹ケリ 早	且散丹藝里	早散藝里	且散丹藝里
一三詩2	五彩斑	五彩班	五彩班	五彩斑	五彩斑	五彩斑
一四歌2	雲路	雲路 井	雲路 井	雲路 井	雲路 井	雲路
一四歌4	雁之酎	同 貯・畸	雁之酧 酎・畸	雁之酎 貯	雁之畸	雁之貯
一四詩1	遙々	同 遲	同 遲	同 遲々	同	同
一四詩2	文字昭	文字照 昭	文字照 昭	文字照 昭	文字照	文字昭
一四詩4	應朝	應嘲 朝・期	應嘲 朝・期	應嘲 朝・期	應嘲	應期
一七詩4	徑應迷	住應迷 徑	住應迷 徑	住應迷	侄應迷 住	侄應迷
一九詩4	送一時	是一時 送	是一時 送	是一時	送一時	送一時

これによれば、藤波本が講談所本にもっとも近いことは明らかであり、それが京大本グループに属することも認め

られるだろう。すなわち、藤波本はかなり特殊な性格をもった本ではあるが、この祖本としては、講談所本との共通性を第一に指摘しておくべきであろう。

八雲軒本系統の諸本

寛永十年に烏丸光広が書写した本が存在したことは、京大本系・版本系に別に伝えられた奥書によって確実になる。これにもっとも接近した年代が明記されているのは、寛永十七年に脇坂安元から譲られた旨の奥書をもつ羅山本である。これによれば、脇坂安元はこの時以前に無窮会本と羅山本を所有していたのである。安元の父は光広と交際があったといわれる。安元はこのうちの副本を、林羅山に贈ったのである。群書類従が和学講談所所蔵本に依ってではなく、この、現無窮会所蔵の脇坂淡路守八雲軒の所蔵本に依っていること、及び、現内閣文庫所蔵の林羅山本の末尾の識語は、この無窮会本の価値を高めるものであろう。

むろん、これは羅山の奥書からする推定である。事実は内部徴証によって確認されなければならない。まず、無窮会本の書写者と少なくとも羅山本下巻の書写者は同一人と推定できる。そして、この二本間の文字の差異がきわめて少ないことは、既に眺めてきたとおりである。系統的には同一であると認めてよい。以下、具体的に検討してみよう。

無窮会本と羅山本

この両本は、その奥書からしても、講談所本・京大本系諸本との内容的類似の問題からしても、光広本の系統に属するものと考えてよい。しかし一方、巻初に「菅右大臣閣下作」「左右三百有首」と添えられていること、上巻序のあること、光広の識語のないこと、などから、京大本と同一の底本に依ったものではなかろうし、光広本そのものを底本としたのでもないと思われる。内容的に見ても、京大本との異同箇所は、同一底本による兄弟関係にしてはやや離れすぎている。八雲軒本の方から眺めれば、共通箇所がもっとも多い本は講談所本である。だから、むしろ八雲軒本と講談所本が同一底本の可能性が強いとも言えそうだが、しかし講談所本は京大本系とより強く結び付いているのだから、八雲軒本との類似を第一次的に考えるわけにはいかない。

第十表から第十二表を参照願いたい。そこから窺われるように、無窮会本にある文字を羅山本が欠いている例は、はなはだ少ない。

		無窮会本	羅山本
歌本文	二五四番4句	花丹裳	丹裳
和歌注	二四一番4句	（人）事ィ	注なし
漢詩注	二二一番4句	（来）往ィ	注なし
	二二五番2句	（功）陽	（陽）
	二二八番2句	（湖）疑ィ	（波）疑ィ
	一三二番3句	（空）虚	（虚）
	二四三番1句	（鄭）離ィ	注なし

括弧内の文字は本文のそれだから、漢詩注における本文の異同に関連して算入されたものを除けば、和歌本文一、和歌注一、漢詩注二だけがこれに該当する。厳密にいえば、たとえ一か所でも、無窮会本筆写の折にその文字をどこから採ってきたかは問題になるが、やはり、両者の一方的な数値からは、京大本・市大本の関係と同様に、羅山本を無窮会本が写したものと判定されよう。

次に、この二本間の文字の異同について、具体例を眺めてみよう。しかし、「梅風」（六番詩）が無窮会本だけ「花」をミセケチにして「風」としているごとき例、「見湯留」（二五番歌）が無窮会本「見留」で羅山本は「見留」の中央に点を打って「湯ィ」と注している類、「ハルカスミ」（五番歌）の付訓が羅山本にはなく無窮会本に「ハル」だけある類などは、両者の先後関係を規定する力には欠けるから、省略することとする。

	寛文版本	羅山本	無窮会本	その他
上序	装其要妙韫匵待價	裝其要㚫韜䪌待價	裝其要㚫韜䪌待價	羅類講永共通、無単独
二歌	別様匂之	同上	別様句之	無単独
七詩	駒犢累々趁茵宿	駒特累々趐茵宿	駒特累々趁茵宿	羅単独
九詩	想像桃源兩岸斜	同上	想像桃園両岸斜	無類共通
一五詩	嶺上花繁霞泛灔	嶺上花繁霞既 泛 艶	嶺上花繁霞綻艶	無類共通
二八詩	盛夏芬々漁父翫	同上	盛夏紛々漁火翫	共に無類共通
二九詩	想像閨筵怨婦悲	想像圍 閨ィ 筵怨婦悲	想像闈筵怨婦悲	羅単独、無類共通

上巻夏の部までで、羅山本と無窮会本の差異を拾い上げれば、右のようになる。七番詩の例を除けば、すべて、羅山本→無窮会本→類従本という過程で考えるべき異文である。この傾向は全巻を通じて圧倒的であるから、羅山本、無窮会本が同一の祖本を写したというよりは、羅山本を基に無窮会本ができたと考える方が良い。

また、百二十一番の歌本文において、羅山本は「音不改」となっていて、「改」の字にみせけちの印があり、右側に「斷」、左側に「絶ィ」の注がある。この箇所、無窮会本は「音不斷」で「絶ィ」の注を付けている。このような箇所はほかにもいくつかあるが、特にここでは「斷」の字は紙面を削って書き直した跡がある。恐らくは「改」の字を削ったのであろう。とすれば、これは、羅山本→無窮会本という順序では起りえても、その逆ではあるまい。かつまた、五番歌の付訓で、アミニハリコメに対して、講談所・京大・市大・天理・藤波の各本にもある付注ハルラムを羅山本が存し、無窮会本が欠くなど、羅山本に付注の多い点は注目してよい。この注は羅山本単独のものも多少はあるが、他の伝本にも共通していることが多いので、それらは祖本に存したものと考えられる。従って、八雲軒本系統の中でこれを代表するものとしては、無窮会本ではなくて羅山本を挙げるべきである。林羅山が自らの許へ寄贈されたものを副本と称したのは、彼の推定乃至謙遜の辞であって、事実は脇坂家に残った方が、後からの書写本、いわば「副本」に当たるものであったのである。

類従本

類従版本は、先にも触れたように、無窮会本を底本として版を起したものである。そのことは、もはやくだくだしい説明を加えるまでもなく、今までに掲げてきた各種の表から読み取れるであろう。ここでは、まず、類従本の性格の一端を眺めておこう。

第十四表で見ると、京大本との関係では、この類従本が、八雲軒グループの中としては、やや離れた位置にある。煩わしい数値はもはや掲げないことにするが、京大本からの共通箇所の細かい表を作ってみると、八雲軒三本は、本文・注など多くの項目において、羅山・無窮会・類従の順に並んでいて、一般に類従本と京大系諸本との共通箇所は少ない。特に和歌の訓の共通箇所は、京大・市大本とは一、天理本とは二しかなく、これは原撰本・書陵部本につぐものである。そこで、この項では、京大本との類似性は版本グループの下位に下がってしまうのである。そして、この数値の低さが、類従本全体を京大本系から引き離してもいるのである。これは類従本側からみても同様で、類従本は各項とも、無窮会・羅山・講談所・京大・市大・天理の順に並ぶことが多い（詩歌本文についてだけ、市大・京大の順になる）が、和歌訓だけは、書陵部・版本・無窮会・羅山というまったく異なる順となり、かつ共通箇所も非常に少ない。これは、類従本の付訓自体が少ないことからくる変動である。ちなみに、書陵部本は本来の訓は非常に少なく、後から類従本の訓を移している箇所が多いのである。

ところで先にも見たごとく、類従本は無窮会本を基にしてはいるが、これを無批判に継承したものではない。とすると、対校に用いた本は何であったか。むろん現在には伝わらない或る本であった可能性も考えられるが、現存諸伝本の中に探ってみればどうなるか。まず、無窮会本と類従本と差異のある箇所を採り上げよう。そのうちから、無窮会・類従の単独異文および無窮会・羅山のみの共通異文を除く。これらは類従本がどの本の影響を受けたかを推定する資料にならないからである。注の場合は、類従本の方が脱落している場合を除く。脱落は他本の影響なしに起こることが多いからである。しかし、他の伝本の本文と類従本の注が同一の場合は、影響がありえたものとして数える。こうして類従本と他伝本中の各系統の代表的な本との共通箇所を数えると、第十七表のようになる。「異」とは、かくして得た類従本と無窮会本との異文の箇所である。この表から、類従本は、無窮会本に依りながら元禄刊本（または元禄再刊本）を参考にしつつ整版が行なわれたと認定してよかろう。

第十七表

	序	歌	詩	歌注	詩注
異	13	45	70	12	17
寛	2	18	42	8	4
元	4	26	38	11	6
講	3	16	26	6	7
京	3	9	15	5	3
藤	8	14	29	5	3
永	1	18	10	0	1

類従本が、その和学講談所本によって版を起すこともなく、またその校合にもこの本を用いている形跡がないのは、如何なる理由によるものであろうか。群書類従の製作過程については、その収録本について詳細な検討を経なければならないが、いま想像しうることとしては、この写本の収蔵が、類従本としての出版後ではあるまいか、ということぐらいである。

原撰本系統

原撰本系新撰万葉集には二種の写本がある。その一は久曾神昇氏が紹介された本（「新撰万葉集原撰本の出現」愛知大学文学論叢第三輯—昭和二十五・十一、『新撰万葉集と研究』未刊国文資料—昭和三十三・六）で、これは後に久曾神氏が志香須賀本と呼ばれるようになったもの（「原撰本万葉集の本文批評」愛知大学文学論叢第三七輯—昭和四十四・三）である。

『未刊国文資料』には元禄版本と対比した翻刻があり、文学論叢第三七輯にその補訂がある。他の一種は、現在熊本大学図書館に寄託されている細川家永青文庫蔵本で、細川幽斎の識語のものである。今井源衛氏の発見になり、野口元大氏の解題と正確かつ懇切な翻刻がある（『西日本国語国文学会翻刻双書　平安和歌叢』―昭和三十七・六）。

「原撰本」という名称は、もと、久曾神氏が見出された本に対して氏が付せられた呼称であるが、同系統の永青文庫本が出現したので、「原撰本」をこの二本の系統の名として使用させていただき、前者は久曾神本と呼ぶことにする。むろん、原撰本とは増補本に対する意味をこめて使われたものだが、そちらは「流布本」と呼んでおいた。

原撰本と流布本の差は下巻に集中する。すなわち、原撰本には下巻の序がなく、和歌に添えられた漢詩も一首も存在しない。また、流布本が「一本無女郎部、以恋部為巻終」という注を併記しながら（注のない本もある）載せる「女郎花」の部もない。流布本の「恋歌」は「思歌」となっている。そして下巻各部に所属する歌の数も少ない。新撰万葉集の中で江戸期から種々問題になっていた部分を欠く原撰本が、この集の古い姿を示すと考えられるのは当然である。

しかし一面、久曾神本と永青文庫本がすべての面で流布本より正しい姿、あるいは原初の形を示すかといえば、これも疑問になる箇所が少なくはない。新撰万葉集の成立期の姿はいかようなるものであったかについて、学界の結論はまだ出ていないといってよい。本稿でもその点に触れることなく、いま、原撰本二本間の関係についていささか確認をしておきたい。

この二本間の関係について野口氏は

と推定された。一方、久曾神氏は、正平六年本以下について

（正平本）……久曾神本……（三条西本）――永青本

であると主張される（「原撰本新撰万葉集の本文批評」）。

両本は非常によく似た内容を有するが、それでも仔細に眺めれば、和歌漢詩に対する付訓を除いた本文の文字に関して異文となる箇所が、久曾神本の虫損箇所を考慮にいれなくても、百二十箇所近くにのぼる。これは例えば京大本と市大本との差の三・五倍程度の数であり、久曾神本の虫損箇所や原撰本下巻の収録部分の量を考えると、かなりの数であるといえよう。この異同について、そのどちらが元の姿かを判断することは困難なケースが多い。例えば、序文中の「鄭衛之音乎」という句で、永青本は「乎」の字を落して傍らに補っている。仮に両本間に直接の書写が行なわれたとして、永青本が久曾神本を写していて起った結果だとも、久曾神本が永青本の傍注を本文に採り入れたのだとも想定できるからである。

流布本まで含めた十五種の伝本のなかで、永青本のみの単独異文であり、かつ特に注記もなく、歌や詩として形式的にも意味的にも誤りと断じてよさそうな箇所は、三十五か所ほど数えられる。同じような箇所は、久曾神本では十四ほどである。本文としては、永青本の方が久曾神本より上質とは言えそうにない。しかしこれは伝承上の問題と、直ちに結び付くものではない。常識的には、右のような箇所はそれぞれの本の独自な誤りと判断すべきではあるが、書写の際に反省的な読解を加えれば正しい本文に復帰することもありうるからである。その実例はすでに天理本に見てきたごとくである。だが、天理本に対する京大本と市大本のような、より近い関係の本をこれら原撰本二本がそれぞれ所有していない現在、ここではやはり、意味不通の単独異文箇所はその本（またはその祖本）の書写の際に起った誤ちと、常識的に判断しておこう。とすれば、永青本が久曾神本の祖本であることはむろんありえそうもないが、同時に、永青本の方が転写本であるとするにしては、久曾神本の十四の単独異文は数的にも多過ぎるし、内容的にもやや問題が残りそうである。

野口氏は、永青本では、「奉綸糸」（序）や「相像古調在此林」（六五番詩）などの文字がその一部分しか書かれていないこと、「花拆介里」（六四番歌）、「佝可綴手幾千歳」（六五番詩）、「袖丹将受士丹堕鯖」（一七九番歌）などの文字が別筆で補入されていることなどを、この本の書写態度の忠実な証左として挙げておられる。確かにこのような書き方がしてある以上、例えば「相・佝・士」などは永青本と異なる字を有する久曾神本からの転写という事態は考えがたい。

一々流聞邕子琴　如本（五五番詩）

のような例でも、「如本」の注をもつ永青本の「琴」の字は注意深く書写されたものであろう。この字、流布本は「瑟」、詩としてはその方が望ましい。それゆえに永青本（乃至その底本）がこの注を付けさせたのであろうが、この場合は、「如本」の注のない久曾神本を写した折りに付けられたとも、久曾神本系統の方が書写の際に注の部分を落したとも、つまり、久曾神→永青、永青→久曾神のいずれにも考えられる。これは、二四番歌、五二番詩などの「如本」の場合も同様である。しかし、

郭公　鳥本　夜叫忽過𨖸　如本（二七番詩）　破手羽𥦖衣　本（一七番歌）

などのような、永青本が「如本・本」という注を有し、かつ久曾神本と文字が違う（久曾神――郭公鳥、庭、寰）場合は、永青本が久曾神本の転写本とは考えられない。

むろん、だからといってこれらのすべてが逆に永青本→久曾神本の場合にのみ起こりうることではない。先にも見たように、永青本の単独異文の箇所は多い。しかしこれも永青本のみの書写態度の問題とも言い切れない。一面、永青本がかなり底本に忠実な態度を保っていることも、野口氏の指摘どおりである。そしてこの二本の字面には次のような関係も見られる。すなわち、

山客廻眸猶誤導（九九番詩）

の「客」は久曾神本のみが「容」とあり、逆に

　不見沼容良丹（一四二番歌）

は永青本だけが「客」である。また

　四遠無栖汝最奢（四一番詩）

の「四」は永青本のみ「日」に誤っていてこの本の価値を低めているといえるが、

　四知廉正等豈無知（四八番詩）

では両本とも「日」となっている。存外、原撰本系では「日」とまぎれやすい字形が伝えられていたとも考えられよう。となると、四一番詩の場合も、永青本の方がむしろ祖本に忠実という推定もありえないことではない。同じく、

　織足芽之（四九番歌）　秋芽一種最可憐（四九番詩）

以下、永青本が「芽」を「苛」と誤っていることが指摘されているが、この場合とて

　三秋有藥子號芽花（六四番詩）　芽之下葉裳（七七番歌）　芽花艶々葉零々（七七番詩）

などでは、久曾神本も永青本とともに「苛」となっていることに目を潰ってしまったのでは、まったく片手落ちである。

　造化功尤任汝躬（四二番詩）

の「功」、永青本のみ「切」とあるとされるが、

　千家裁縫婦功成（五一番詩）　白露従来莫染功（六六番詩）

を見合わせていただければその字体がいかなるものかは明らかであり、もし久曾神氏の翻刻がそのあたりまで意を払った忠実さでなされているとすれば、久曾神本はこれを「功・切・切（功歟）」と書いてある由だから、永青本の方が祖本に忠実で、「功」の字体はもともと疑わしいものであったのだろう。

そのほか両本の間には、傍注の付された文字のさまなどをはじめ、かなり顕著な特徴がある。しかしこれらは両本の伝写関係を決定づける証拠とはなりがたい。ただ一つ、久曾神氏が指摘された次の点は興味深い。すなわち、永青本上巻尾題は「新撰萬葉集上巻」とあるのだが、その「撰」と「萬」の間の右傍に、「ノ」の仮名が付せられている。ところが、同じ箇所に久曾神本では濃褐色の繊維の表皮の残存が、あたかもノの字形のごとくあるという。となると、永青本が久曾神本の転写本である決定的な証左となりうるであろう。とはいえ一方においては、ここに見てきたごとく、久曾神本→三条西公条本→永青本の単純な流れのみでは解しえないような内容を、久曾神本自体がかなり大量にはらんでもいるのである。さりとて、永青本に至る過程で流布本系の本をもって校合が行なわれた痕跡もない。

現状では、両本は正平六年本から別れた別系統をなすと、一応は見なして置くほうが無難かと思われる。

以上の考察から、現状では、新撰万葉集の諸伝本の系統を、次のように推定しておく。

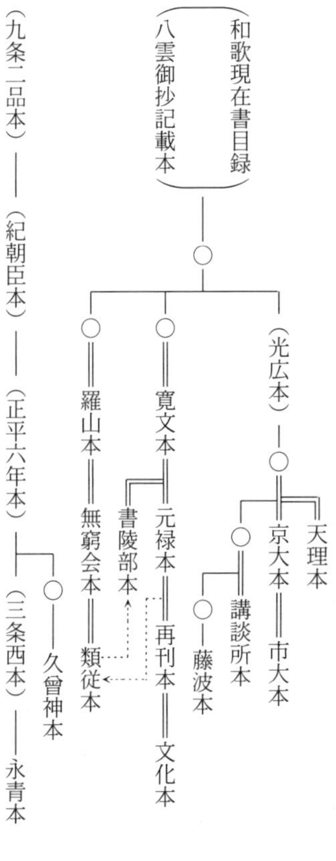

右のうち、原撰本関係は、暫く野口元大氏の推定によっておく。原撰本と光広本との交錯する点は、現状では決定

できない。光広本系統のうち、二重線で結んだ二本の間には、介在する他本は無いと推定される。○印は、その間に零乃至数本が介在したと思われるものである。

（浅見　徹）

影印解説

一、羅山本

はじめに

本稿では、『新撰萬葉集』の伝本の内、今回影印に附した国立公文書館内閣文庫蔵・林羅山旧蔵本と、羅山本と密接な関係を持つ無窮会神習文庫蔵・脇坂安元旧蔵本について解説する。

一　羅山本・無窮会本の書誌

羅山本・無窮会本共にⅠ類本系統[1]に属する伝本で、羅山本は、寛永十七年（一六四〇）五月以前、羅山が脇坂安元（号は八雲軒）より譲渡を受けた本。無窮会本は安元の手元に残った副本である。

以下に、稿者による書誌を示す[2]。

【羅山本】

国立公文書館内閣文庫蔵（請求記号：二〇〇—一七四）。夕顔巷道春（林羅山）の識語を有し、『内閣文庫國書分類目録』改訂版[3]には「林羅山手跋本」とあり。／江戸前期写。／縦二六・五糎、横二〇・二糎。袋綴二巻二冊。上下巻表裏表紙見返の料紙が上巻の本文料紙と不統一であることより、古い時期に改装かと推測される。／鳥の子紙表紙の左上に打付にて「新撰萬葉集上［下］」。料紙は上下巻表裏表紙見返、上巻第三丁[4]と下巻全丁は、やや光沢のある楮紙系の料紙[5]。その他はより古い時期のものと思われる楮紙。

上巻全二六丁。内、遊紙首に一丁。上序一オ～二オ。上歌・詩二オ～二四ウ。二五オ右上に「新撰万葉集巻上」、以上墨付二四・五丁。

下巻全三三丁。内、遊紙首に一丁。下序一オ～一ウ。下歌・詩二オ～三二オ。流布本系奥書三二ウ。裏表紙見返に夕顔巷道春識語あり。以上墨付三二・五丁。

該本の有する流布本系奥書

　新撰萬葉集」以詩讀歌号管（ママ）家萬葉集菅家撰也二巻書」也序曰寛平五載秋九月二十五日下巻延」喜十三年八月二十一日云云是他人撰也」或説源相公説云云如何

該本の有する夕顔巷道春識語

　新撰萬葉集上下巻者脇坂淡牧八雲軒中之物也」以其副本故被寄贈于余於是以為羅浮山房之所」蔵而挿牙籤云尓」

　　寛永十七年五月二十日　夕顔巷道春

一面八行書、字高二三・〇糎。和歌一首一行書、漢詩一絶二行書。／印記、上下巻表表紙右上「昌平坂學問所〈黒・陽〉」、上巻一オ「八雲軒〈藍・陰（昇龍文様）〉」「江雲渭樹〈朱・陰陽[6]〉」「林氏藏書〈朱・陽〉」「淺草文庫〈朱・陽〉」「大學藏書〈朱・陽〉」「日本政府圖書〈朱・陽〉」「内閣文庫〈朱・陽〉」、上巻二二オ「内閣文庫〈朱・陽〉」、上巻二四ウ「安元〈藍・陽（子持正方形）〉」「藤亨〈藍・陰（丸形下り藤文様）〉」「昌平坂學問所〈黒・陽〉」、下巻一オ「八雲軒〈藍・陰（昇龍文様）〉」「林氏藏書〈朱・陽〉」「淺草文庫〈朱・陽〉」「大學藏書〈朱・陽〉」「日本政府圖書〈朱・陽〉」「内閣文庫〈朱・陽〉」、下巻一六オ「内閣文庫〈朱・陽〉」、下巻三二オ「内閣文庫〈朱・陽〉」、下巻三二ウ「安元〈藍・陽〉」「藤亨〈藍・陰（丸形下り藤文様）〉」、下巻裏表紙見返（道春識語部分）「昌平坂學問所〈黒・陽〉」。／ミ

セケチ、片仮名附訓など、数次にわたると思われる書入を墨にて原則として右に記す。本文字様と各々同筆か。附訓、本文字句、字画、返点などへの削訂間々あり。上一六オ「希丹来」の部分の削訂、上一八オ「嫗女」の「女」の右にある三文字分の附訓の削訂、下三一ウ「宴」の部分の削訂などがその典型。また、八雲軒の印記などには油の浸みのような跡が見られる。なお、筆跡と料紙に関しては後述する。

国文学研究資料館の目録一九七八年度にも収録され、同館にマイクロフィッシュ（一九―一〇六―一、コマ数六三）及び紙焼（C三四六）あり。

【無窮会本】

無窮会神習文庫蔵（請求記号：神習一〇八八五井）／更紗布の帙左上に子持枠題簽を貼り「新撰萬葉集一帙二冊」と墨書。脇坂安元旧蔵本。／江戸前期写。／縦二九・二糎、横二〇・〇糎。袋綴二巻二冊。原装。艶出、卍繋ぎ（紗綾形）桔梗文様入の丹表紙。表表紙左上に「新撰萬葉集　巻上［巻下］」と打付に墨書。見返は本文共紙で羅山本下巻の本文用紙と同一の料紙。

上巻全三五丁。内、遊紙首に一丁。上序一オ～二オ。上歌・詩二ウ～三四オ。以上墨付三三・五丁。／下巻全四六丁。内、遊紙首に一丁。下序一オ～一ウ。下歌・詩二オ～四五オ。流布本系奥書四五ウ。以上墨付四五丁。

該本の有する流布本系奥書

新撰萬葉集」以詩讀歌号管（ママ）家萬葉集菅家撰也二巻書」也序曰寛平五載秋九月廿五日下巻延喜」十三年八月廿一日

云云是他人撰也或説」源相公説云云如何

一面七行書、字高二二・五糎。和歌一首一～二行書、漢詩一絶二行書。／書入、ミセケチ、片仮名附訓が墨にてあり。／本文・書入・片仮名附訓などは羅山本下巻筆者と同筆と思われる。／印記、上下巻各一オ「八雲軒〈藍・陰（昇龍文様）〉」「井上氏〈朱・陽〉」「井上頼囶蔵〈朱・陽〉」「無窮會神習文庫〈朱・陽〉」、上三四ウ及び下四五ウ「安元

〈藍・陽（子持正方形）〉」「藤亨〈藍・陰（丸形下り藤文様）〉」「脇坂氏淡路守〈藍・陰〉」。

二　脇坂安元と羅山

次に安元と羅山の略歴と、その関連を見ておきたい。

脇坂安元は江戸前期の外様大名。字は藤亨。八雲軒と号し、江戸初期の蔵書家として名高い。その旧蔵書は明和以前に散じて諸家に分蔵されるに至ったが今も八雲軒本と呼ばれ善本多く世に珍重される。母は参議従二位西洞院宰相時慶の女。(7) 豊臣秀吉の近習として仕えた父、脇坂安治と共に関ヶ原合戦で東軍に寝返り、慶長六年（一六〇一）、御伽衆の一人として秀忠に仕える。元和元年（一六一五）伊予国大洲五万三千五百石を父より嗣ぎ、同年大坂夏の陣で戦功を挙げ、同三年（一六一七）七月には(8)信州飯田に転封して伊那郡に五万石、上総一宮に五千石を領し、元和九年（一六二三）以来、家光に従った。

元和九年（一六二三）より寛永九年（一六三二）に至る秀忠大御所・家光将軍時代を通じて、脇坂家の政治的立場は外様大名である割には比較的安定していたように思われる。これは秀忠・家光とのつながりの他に、老中職など幕閣の中枢を占めた酒井氏とも安元の弟安信を通じて交誼を結んでいたらしいことも寄与しているのであろう。

例えば、安元は嫡子に恵まれず、弟の安経を養子としていたが、安経は他家の継嗣問題で殺害され、安信も所領没収の事態になった。しかし、このような状況に陥っても改易されることなく、堀田正吉次男（母は稲葉正成女）の安利を養子として迎え、安利が早世すると堀田正盛二男（母は酒井忠勝女）の安政を将軍家光の命により養子として迎えて「家」の存続が図られた。(9) 堀田・稲葉・酒井の各氏は秀忠時代から家光時代の間、幕閣中枢にあった人々である。

安元の弟、安方（後、安総と改名）は、安政から二千石を分与されて別家となるが、脇坂本家は事実上、堀田家の分家となって行く。これは安元の血筋を骨抜きにする家光の政策と考え得るかもしれないが、今、それを断ずる材料を持たない。しかし、寛永十年以降も「家」の存続を許される程度には安定した地位を保っていたと言えよう。

先述したように安元は慶長六年（一六〇一）以後、秀忠の御伽衆であったが、安元の歌集[10]『八雲愚草』やその抄出本『八雲藻』には武家伝奏や勅使として慶長から元和にかけて活躍した貴族との交流も伺える。即ち、烏丸光廣、中院通村、三条西実条らより歌題を得て加点を受けているのである。

又、東京大学史料編纂所所蔵の『三条西実条詠草写』[11]は、武家伝奏三条西実条が年頭勅使として江戸へ下向した際の道中和歌記で、寛永十二年（一六三五—「当年ハ亥ノ年」とある事より推定—）二月の出京より江戸下向を終え三月に小夜の中山へ上るまでを記すが、この中に江戸での烏丸光廣や、一昨年の勅使饗応役であった脇坂安元などとの歌の贈答も見られるという[12]。ここより、これらの人々と安元は直接の面識があったと見ることができる。

但し、詩歌の交流や歌への加点は、挨拶代わりのものや、公家の地下歌人に対する経済活動としても存在し得るのであって、それ即ち親密な交際と言うには躊躇せざるを得ない。実際、安元の歌集中でのこの加点を受けた歌の扱いは、自己の歌集に華を添える目的で記されているように見受けられ、歌道への日々の精進の有様をそこから伺うことは出来ない[13]。

安元の歌集には寛永五年（一六二八）から正保、慶安を経て承応二年（一六五三）に至る間の林羅山や林鵞峰（羅山の第三子。春斎。）との詩歌の贈答が多く見られ、『林羅山詩集』[14]によってもそれは確認できる。羅山詩集巻十四には安元へ年々贈った年始の詩を列挙した後「右戊辰至癸巳凡四十七首／今茲之冬淡州卒去年七十少先生一歳相識三十年交際最厚」と記す。戊辰とは寛永五年（一六二八）、癸巳は承応二年（一六五三）で、この間二十六年間である。両資料で年期がほぼ一致する点より推して、大凡これが羅山との交際年代の範囲なのであろう[15]。羅山は安元の母を追悼する詩を詠じたり、安元の三周忌に信州伊那まで赴いて安元を悼む詩を詠じたりしており、羅山詩集の中でも羅山が主に政治的理由から結びついていたと思われる人々との贈答と、安元との贈答はその質に於いて一線を画しているように見受けられる。

林羅山は言うまでもなく林家の始祖。名は信勝、忠。号は道春・夕顔巷。羅山本の識語に見える通り、寛永十七年（一六四〇）五月以前、羅山は安元より『新撰萬葉集』を譲渡されている。

羅山の政治的地位は寛永年間に於いてやっと安定したものになったようで、寛永七年（一六三〇）に江戸不忍岡に屋敷を賜り、同九年（一六三二）に駿河御譲本の縁であろうか、徳川義直によって聖堂が建立されたのもこの時期である。それまでの家康・秀忠の時代は、彼が博識である点を重宝されて政治文書や外交文書などの起草、外国使節との交渉、余暇を埋める蘊蓄雑談の相手などを事としていたようである。彼が儒者として幕府に仕えたのでは無いことは、論語などの講義が幕臣への文教政策の一環として行われたのではなく、将軍の余暇を埋めるために行われていた事からも承伏される。(16)

安元・羅山の文人同士としての交わりは、(17)寛永四年（一六二七）以後、文珠院応昌、里村昌琢、佐川田昌俊(18)らが中心となった連歌興行で同座している事が参考になる。

安元の参加した連歌で判明するのは都合三十回。内、安元が発句を詠んだのは二回、脇句を詠んだのが十二回。この中で安元が興行したのも恐らく八回程はあろうかと思われる。同座した人物は百四十九名。多い順にその人名を記すと応昌(19)（二一回同座／内脇句二回）、昌琢（一九回同座／内発句一五回）、昌俊(20)（一四）、勝之(21)（一〇／脇二）、玄仲(22)（九／発一／脇一）、重頼(23)（八／脇二）、俊賀(24)（八／脇一）、昌程（八）、道春（六／発二）、永喜(25)（六）、重保（六）、昌穏（六）、徳元（六）国師(26)（五／発三／脇一）、一通（五／脇二）、元竹（五）、以省（五）、重成（五）、昌悦（五）…となる。

安元と羅山とが同席した時の状況は以下のA～Fの通りである。金地院崇伝や羅山の弟、永喜との縁による可能性が高いように思われる。

A　年月不明　国師（発句）、安元（脇句）、道春、元竹、玄仲、永喜、応昌、能円、嶺南、昌俊、祐之

B　寛永四年（一六二七）六月一九日　於脇坂淡路守亭　安元（発句）、国師（脇句）、玄仲、応昌、道春、永喜、重保、元竹、貞昌、円周、昌俊、吉貞、元吉

C　寛永四年（一六二七）六月二十五日　本光国師（発句）、玄仲（脇句）、安元、道春、元竹、永喜、応昌、昌俊、正意、道円、宗貞、吉真、元吉

D　寛永六年（一六二九）一月二十五日　稲葉丹後守正勝興行百韻　無記(27)（発句・脇句）、正勝、国師、昌琢、玄仲、応昌、道春、元竹、安元、円周、永喜、重保、昌俊、元八、元吉

E　寛永十八年（一六四一）一月二十九日　百韻　道春（発句）、安元（脇句）、昌程、貞昌、春恕(28)、守勝(29)、応昌、立詮、良以、昌佐、徳元、宗允、宗佐

F　某年七月十三日　百韻　発句「暑残秋詠雪」　道春（発句）、安元（脇句）、兼与、永喜、正意、貞昌、応昌、昌俊、兼益、宗三、執筆、無記、貞俊

右の連歌資料によって、安元と羅山とに共通する文化圏の一端が伺い知れるが、羅山と安元の交流は純粋に文化的なもののみではないように思われる。例えば、寛永七年（一六三〇）二月の日蓮宗不受不施義論争に於いて羅山は奉行として聴断し、将軍らとの協議の結果、幕府の判決として関東日蓮教団を導いた日樹を流刑に処したが、その追放蟄居先は伊那の脇坂安元宅であった。

羅山は同年に法印となり、僧の身分で幕府に仕えたのだが、朱子学を称揚するあまり激越な廃佛論者として世に聞こえたのであった。日樹流刑地は羅山と安元、そして彼ら周辺の政治グループの縁によるものかもしれない。今、それら政治的状況(30)と文人同士の繋がりを詳述する用意を持ち得ないが、大略、以上のような立場と交際の中で『新撰萬葉集』が安元から羅山に譲渡されたと言えよう。

三　羅山本と無窮会本の先後関係

羅山本と無窮会本の先後関係は相反する説が出されている。それは羅山本にある夕顔巻道春（羅山）の識語中に「以其副本故被寄贈于余」（其の副本を余に寄贈さるる故を似て）とあるのを素朴に受け取るか否かによって態度が決定されるからである。

この識語の述べる所を重視されたのが高野平氏である。[31]逆に、浅見徹氏は伝本の独自異文など、内部徴証を詳細な統計的処置に基づいて検討し、次のように結論された。[32]

林羅山が自らの許へ寄贈されたものを副本と称したのは、推定乃至謙遜の辞であって、事実は脇坂家に残った方が、後からの書写本、いわば「副本」に当たるものであったのである。

稿者もその精緻な統計的事実を重視して、結論は浅見氏に従いたい。但し、「林羅山が自らの許へ寄贈されたものを副本と称したのは、推定乃至謙遜の辞であっ」たという浅見氏の論は多少補正しうるかと思う。以下に先後関係の認定も含め、私見を述べてみたい。

まず、羅山が羅山本識語中で副本と称する理由である。書誌に示したとおり無窮会本は上下巻ともに羅山本の下巻筆者と同じ料紙、なおかつ同筆と思われる筆跡である。

下巻筆者が同じであることは浅見氏も「無窮会本の書写者と少なくとも羅山本下巻の書写者は同一人と推定できる。」と指摘され[33]、稿者も両伝本を実見して氏のこの指摘が正しい事を確認したが、更にそれに加えて、以下の事実を見いだした。

＊羅山本上巻の第三丁[34]と、羅山本下巻の全丁は、「筆跡」・「料紙」共に無窮会本と同じである。

羅山本の筆跡と料紙の関係を整理すると次のようになる。

（全体の筆記者は三名である。）

部位・丁	料紙	筆者	主な印記
上巻　表表紙見返	無窮会本に同	無	
○㈠　遊紙	楮紙	無	
○一　上序	楮紙	a	八雲軒／江雲渭樹／林氏藏書
○二　上序・上歌・詩	楮紙	a	
○三　上歌・詩	無窮会本に同	b	
○四　上歌・詩	楮紙	a	
二四　上歌・詩	楮紙	a	藤亨／安元
二五「新撰万葉集巻上」	楮紙	a	
上巻　裏表紙見返	無窮会本に同	無	
下巻　表表紙見返	無窮会本に同	無	
○㈠　遊紙	無窮会本に同	無	
○一　下序	無窮会本に同	b	八雲軒／林氏藏書
○二　下歌・詩	無窮会本に同	b	
三二　下歌・詩・流布本奥書	無窮会本に同	b	藤亨／安元
下巻　裏表紙見返　道春識語	無窮会本に同	c	昌平坂學問所

書写者a　上巻一ォ～二ウ、上巻四ォ～二五ォ
　楷書体。「之」字の第一、二画が交差する点に顕著な特徴のある書風。

書写者b　上巻三ォウ、下巻一ォ～三二ゥ
　楷書体だが、隷書体に似た横長のハライを持つ書風。

書写者c　下巻裏表紙見返　羅山の夕顔巻道春識語。

これを整理すると、上の表のようになる。

表から読みとれるように、楮紙部分である羅山本上巻第一丁・第二四丁と、無窮会本に同じ料紙である下巻第一丁・第三二丁に八雲軒の印記がある。この点より推して、羅山に寄贈する以前には既に取り合せ本の状態であったと言えるであろう。

四　羅山本の下巻・上巻補写部分・無窮会本の筆者

次に無窮会本の全部と羅山本の一部にある筆跡

が誰の物であるかを検討する。

多田元氏に「國學院大學図書館新蔵書八雲軒本『萬葉集』について」[35]と題する興味深い論文がある。多田氏は八雲軒本『萬葉集』[36]の書誌を詳細に解説して図版も挙げるが、それらが無窮会本『新撰萬葉集』と酷似する。

特に、双方とも一般に八雲軒本特有とされる丹表紙を持つこと。更にその表紙文様は、多田氏の呼称と本稿での文様の呼称とで若干異なるが、恐らく同じ文様であろうと思われること。又、無窮会本『新撰萬葉集』(縦二九・二糎、横二〇・〇糎)と八雲軒本『萬葉集』(縦二九・四糎、横二〇・〇糎)とほぼ縦横寸法が一致すること等、類似性が強いと思われる。

そして多田氏は安元六十一歳、正保元年からの一年余りの生活を記した『下館日記』にある通り、安元が二十一代集を読み、書き抜きを作成したことを評価しつつ、

> 八雲軒本『萬葉集』の書写は先に記したように原本に忠実であると考えられるが、時に疲れのためか行が左右に乱れたり、またそのような箇所に訂正が行われたりしており、専門の書家の手になるものと思われない節がある。この日記に見える歌集への安元の態度からして、八雲軒本『萬葉集』の書写は安元自身によるものではないかと推定される。

と述べられる。

更に、多田氏の掲げられる図版(紀要巻頭のカラー図版に三面分。論文内に二行分。)に見える文字は無窮会本『新撰萬葉集』、前表の羅山本筆跡bの両者と同じ筆跡と考えられるのである。筆跡鑑定は稿者の善くする所ではないが、書本の大きさや装訂の類似に加え、無窮会本『新撰萬葉集』には(羅山本と同じく)、膨大な附訓が書き入れられている。ここに、単に本文を写せば良いというレベルを越える執着が見て取れるのであって、このような執着心と念入りな書写を為し得る人物は、右筆よりもむしろ、安元本人に比定せらるべきだと考えたいのである。

以上によって、稿者は次のように考えたい。

＊羅山本は、羅山に寄贈される以前には既に取り合せ本の状態であった。

＊無窮会本は、脇坂安元が自筆した副本である。

＊羅山本下巻及び上巻の一部は、脇坂安元の補写にかかるものである。

よって、林羅山が副本と称した理由は、羅山の推定乃至謙遜の辞というよりはむしろ、安元が羅山に贈与する際、その本の下巻全部と上巻の一部が補写である旨を伝えたためではないかと思われるのである。

五　羅山本の上巻補写部分及び下巻の底本

羅山本は、羅山に寄贈される以前には既に取り合せ本の状態だったわけだが、ではそれが欠落したのは何時であったか。又、安元が補写する際に参照し、底本とした本は何であったか。前者についてはその理由と共にまだ何らの手がかりも得ていない。後考を俟ちたい。以下、後者についてのみ考察する。

既に、浅見氏の詳細な統計的検討[37]では無窮会本と、上巻の補写部分や下巻総てをも含んだ羅山本とを比較検討し、その成果の上に立って羅山本から無窮会本への書承関係を論証されている。稿者は、書承関係に関する浅見氏の結論の大勢は、動かないだろうと考えている。そこで、浅見氏の比較検討を敷衍して微細な点に留意しつつ羅山本補写部分と無窮会本とを比較検討した。その結果、以下の知見を得ることができた。

即ち、無窮会本の上下巻全部と羅山本補写部分（下巻全部も含む）では「ト／ド」の仮名として「砥」を用い、羅山本の《補写部分以外》でのみ「砠」を用いているのである[38]。

これは、完本の羅山本から副本である無窮会本へ写される時に「砥」へ統一され、そこから羅山本へ補写したものであると考えざるを得ない。この改変が安元の筆癖なのか、正字意識の現れなのかは判断に迷うが、（少なくとも八雲軒本系統の伝本に於いては）親本である羅山本の「砥」字に価値を認める根拠となろう。

又、上巻補写部分である四番詩起句から九番詩承句までを詳細に比較し、一覧表化すると別表のように二十三箇所の特徴を指摘できる。(39)（無窮会本巻上三ウ～四ウを図版に掲げた。図版「花樹…」の詩が別表中の四番詩。次の「春霞…」の歌が五番歌に当たる。本書の羅山本影印と比較せられたい。）

表に挙げた例の内、I右附訓やQのように仮名遣いの誤りや俗字的な字形の差は、誤りを直していると見るか、逆に正しいものから誤ったと見るかの判断が分かれようが、Cの左附訓、Jの熟語指示、Tの附訓以外は、無窮会本から羅山本への転写と考えた方が自然であり、とりわけSなどは浅見氏も注目しておられる。(40)又、Wの例などはまさにこの二本が親子本であることを物語るだろう。

以上によって、羅山本の上巻第四丁は、副本である無窮会本から羅山本へ補写したものであると考えたい。羅山本の下巻についても恐らく同様の操作がされているであろうと考える次第である。浅見氏の詳細な統計処置によって羅山本と無窮会本との関係は、全般的には「羅山本→無窮会本」の関係であると言えようが、部分的には「無窮会本→羅山本」であると考えたい。

	位置	羅山本	羅山本	無窮会本
A	四詩承句	本文	声	聲
B	五歌初句	附訓	なし…右／春	ハル…右／春
C	五歌二句	附訓	ハリコメ…右／ハルラン…左／張窄	ハリコメ…右／なし…左／張窄
D	五詩起句	附訓	ヲ…右／繡-幕	シウハクヲ…右／繡-幕

E	五詩転句	本文	若の字形は艸冠に石	若の字形は艸冠に石
F	五詩転句	附訓	なし…右／有	ヲ…右／有
G	五詩結句	本文	声	聲
H	五詩結句	返点	暮芳	暮‐芳
I	六詩承句	附訓	クハフ…右／ヲサメタリ…左／加	クワフ…右／なし…左／加
J	六詩転句	返点附訓	なし…右／媒‐介	ハイカイ…右／媒介
K	六詩結句	附訓	なし…右／唯	タ…右／唯
L	六詩結句	返点本文	梅風	梅‐花と書き、花をミセケチ。右に風
M	六詩結句	附訓	シルヘ…右／なし…左／指斗	シルヘ…右／シルシト…左／指斗
N	七歌四句	本文	若の字形は艸冠に石	若の字形は艸冠に石だが老冠に似る
O	七歌四句	附訓	ツミ　ル…右／摘久留	ツミクル…右／摘久留
P	七詩起句	返点	綿↘	綿‐↘
Q	七詩起句	本文	驢	馿
R	七詩承句	附訓	なし／見	テ／見
S	七詩転句	本文	趣	趂
T	七詩結句	附訓	ツミテ…右／採	テ…右／採
U	八詩承句	附訓	シ／萠	キサシ…右／萠
V	八詩結句	返点附訓	イタマシムルカ…右／傷哉	イタマシムルカナ…右／傷‐哉
W	九詩起句	返点	二点に対応する一点が無い	二点に対応する一点が無い

藝里

花樹栽来幾適情　立春遊聲愛林齊

西施濃艶情千万　兩意如花尚似輕

春霞網丹張罕花散者可移徒鶯将駐

春嶺霞低繍幕張　百花零所似焼香

艶陽氣若有留術　無惜鶯聲与暮芳

花之香緒風之便丹交倍手曽鶯倡指南庭遣

頻遣花香遠近賒　家々處々匣中加

黄鶯出谷無媒介　唯可梅風為指南

駒那倍手目裳春之野丹交南若菜摘久留人裳有哉砥

綿々曠野策驢行　日見山花耳聴鶯

駒特纍々趁菌宿　春孃採蕨又盈嚢

吹風哉春立来沼砥告貫年枝丹罕礼留花折

丹藝里

豊庾磬節早春来　梅枝初萠旬欲開

上苑百花今已富　風光處々此傷哉

真木年具之日原之霞立還見鞆花丹被驚筒

倩見天隅千片霞　宛如萬朶満園奢

遊人記取圖屏障　想像桃園兩岸斜

雖春立花裳不匂山里者嬾軽聲丹鶯哉鳴

なお、書承の段階については、羅山本と無窮会本とに共通の祖本があった可能性も含めて、様々な可能性を検討したが、現状では次のような段階を経たと考えている。即ち、

＊安元が上下巻全揃の羅山本を入手。

＊その本から、現無窮会本である副本を作成。正本・副本合わせて二部四冊蔵していた時期あり。

＊その後、羅山本は何らかの事情で欠損。

＊手元に残った副本を元にして補写し、現羅山本の形態となる。

＊その後、羅山に寄贈。

但し、この段階想定に於いては、一般に副本の作成がどのような時に行われるかが問題となってくるであろう。即ち、書本を入手してすぐに副本を作成し、貸し出しに伴う紛失や将来あり得るかもしれぬ譲渡に備えるものなのか、或いは貸し出しを依頼されたり譲渡を決意してから副本を作成するものなのか、という問題である。当時の蔵書家一般の生活に関わる大きな問題であるが、浅学にしてその解を知らない(41)。

まとめ

以上により書承関係は、欠落前の羅山本→無窮会本→欠落後の羅山本への補写と推定するのが妥当である。羅山本の補写部分に関しては無窮会本の本文の方が僅かながら破損前の羅山本に近く、その面影をしのぶよすがとなろう。しかし、補写部分以外については当然、羅山本が尊重されるべきであり、特に文字字形に関しては「砥」が「砿」に改変されたという例からも、羅山本が尊重されるべきであろう。

注

（1）「Ⅰ類本系統」「Ⅱ類本系統」は、久曾神昇氏の命名以来、従来一般に言われてきた「増補本」「原撰本」の呼称を稿者が呼び替えたものである。
「原撰本」なる呼称がこの系統の伝本の位置づけとして妥当であるかの判断は未だ決着していないと思われ、稿者としてもその判断を保留したく思う。
いわゆる「原撰本」系統の本が下巻の漢詩（らしき物も含む）を全く存していない点や、現存伝本の多寡の状況より「広本」「略本」との呼称も考えたが「略本」の呼称は、かかる伝本系統が抄出本であるやの印象を与えないこともないので、新編国歌大観や私家集大成に於ける命名法に倣って、今、仮に「Ⅰ類本系統」「Ⅱ類本系統」の名を用いることとする。

（2）なお、両伝本ともに高野平氏『新撰萬葉集に關する基礎的研究』風間書房　一九七〇・五に書誌と図版が掲げられている。
また、拙稿「無窮會本『新撰萬葉集』の価値再考」（『東洋文化』復刊第八二號（通巻三一六號）無窮會　一九九九・三）に掲げた書誌には、結論には影響がないものの、若干の誤りがある。本稿を以て訂正に代えたい。

（3）『内閣文庫國書分類目録』改訂版（国立公文書館内閣文庫一九七四・十一～一九七六・八）
また、国立公文書館目録データベースシステム（http://www.koubunsho.cao.go.jp/）でも検索可。

（4）本稿では遊紙を丁数に含めずに数えている。

（5）手元の和紙手帳と比較すると「楮鳥の子」に近いようである。又、二〇〇一年秋の和漢比較文学会第二十回大会に際して行われた無窮会図書館蔵書展観に於いて、幾人かの先学にご意見を伺った所、斐楮交漉と見てよかろうとの教示を得た。川瀬一馬氏『書誌学入門』（雄松堂出版、二〇〇一・十二）、十八頁によると斐楮交漉は「中世以来江戸初期頃まで」使われた由であるから、時代も合致する。

（6）『内閣文庫藏書印譜』改訂増補版（国立公文書館　一九八一・三）四頁に掲出。

（7）金井寅之助氏『八雲軒脇坂安元資料集』（和泉書院　松蔭学術研究叢書　一九九〇・三）の説による。本稿での安元の伝記・事跡に関する記述は金井氏の研究に多く拠っている。

（8）『大日本史料』による。『国史大辞典』「飯田藩」の項では元和二年六月とし、「大洲藩」の項では元和三年とする。

（9）新訂『寛政重修諸家譜』（続群書類従完成会　一九六四～一九八九（一九一七～一九二〇、栄進舎出版部刊の複刻））などによる。

(10) 金井氏前掲書所収の翻刻による。

(11) 寛永年間写。東京大学史料編纂所・請求記号：貴二一―九

(12) 東京大学史料編纂所（http://www.hi.u-tokyo.ac.jp/）「所蔵史料目録データベース」に記載の解題による。

(13) 例えば鈴木健一氏『近世堂上歌壇の研究』（汲古書院　一九九六．十一）などによっても安元が堂上歌壇と直接交渉を行った形跡は見られないようである。なお、羅山と武家との交流については、同氏「林羅山と武家の関係について」（『解釈』三二―三　解釈学会　一九八六．三）を参照。

(14) 『林羅山詩集（上・下）』（京都史蹟会編纂、ぺりかん社、一九七九．九（平安考古学会一九二〇～一九二一刊、弘文社一九三〇刊の複製））

(15) 羅山詩集の註が三十年とするのは羅山が家光の侍講となった寛永二年（一六二五）から起算したのであろう。

(16) 本稿での羅山の伝記や事跡に関する記述は堀勇雄氏、人物叢書『林羅山』（吉川弘文館）に多く拠っている。

(17) 以下の記述に於ける連歌関連資料は、

①連歌総目録編纂会編『連歌総目録』（明治書院一九九七．四）

②国文学研究資料館　連歌作品データベース目録検索

③渡辺憲司氏『近世大名文芸圏研究』（八木書店　一九九七．二）

などを参考にした。

(18) なお、羅山は寛永二十一年（一六四四＝正保元年）に佐川田昌俊を追悼する「佐川田壷齋碑銘」を書いている（『事實文編』五弓久文（雪窓）著、五弓豊太郎編　国書刊行会　一九一〇～一九一一所収）。安元の歌集に沢庵との唱和が見られるのも、昌俊の関連で知己になったのかもしれない。

(19) 慶長十七年（一六一二）三月、家康の命で高野山文殊院を嗣いだ。

(20) 里村昌琢、佐川田昌俊は高名な連歌師。

(21) 佐久間盛次の子。南禅寺の灯篭を寄進したことで著名。

(22) 里村家の連歌師。

(23) 飛驒高山城主金森重頼。
(24) 恐らく、常陸円福寺住職で慶長十八年（一六一三）十月に家康が高野山、及び智積院に遊学せしめた人物であろう。
(25) 羅山の弟、信澄。徳川秀忠の信任は羅山よりも厚かった。
(26) 金地院崇伝。
(27) 句上に「御」と書くという。将軍の参加であろう。
(28) 羅山の子。春斎。
(29) 羅山の子。春徳。
(30) 歴史学ではこの時代の政治状況の研究は相当進んでいるようである。例えば藤野保氏『徳川幕閣―武功派と官僚派の抗争―』（中公新書八八　一九六五．十二）、藤井譲治氏　歴史科学叢書『江戸幕府老中制形成過程の研究』（校倉書房　一九九〇．五）など。
(31) 高野平氏『新撰萬葉集に關する基礎的研究』（風間書房　一九七〇．五）
(32) 浅見徹氏「新撰万葉集の諸伝本」（『新撰萬葉集　索引篇Ⅱ　序・漢詩索引』浅見徹・木下正俊編　私家版　一九八九．三所収）、本書に再録。
(33) 浅見氏、前掲三一論文。
(34) 四番詩起句から九番詩承句まで。
(35) 多田元氏「國學院大學図書館新蔵書八雲軒本『萬葉集』について」（『國學院大學図書館紀要』第四号　一九九二．三）
(36) 以下、多田氏に倣い、煩雑を避けてこのように記す。
(37) 浅見氏、前掲三二論文。
(38) 詳しくは拙稿「『新撰萬葉集』本文校訂に於ける避板概念の導入について」（東洋大学大学院紀要第三五集　一九九九．三。のち、『国文学年次別論文集　中古一　平成一一（一九九九）年』　学術文献刊行会編　朋文出版　二〇〇一．一に転載。）を参照されたい。
(39) 返点フリガナ付きの翻刻は印刷の都合上断念せざるを得なかった。又、字形を正しく表せなかったものは表中にて説明を加える。附訓の場合は「附訓：位置／本文」のように記す。

（40）浅見氏、前掲三一論文中に「七番詩の例を除けば、すべて、羅山本→無窮会本→類従本という過程で考えるべき異文である。」とある。
（41）神作光一氏の教示によると、山岸徳平氏は写本を入手するとすぐに自筆副本を作製されていた由である。

（谷本玲大）

二、元禄九年版

一　版本の版種について

新撰万葉集の版本には、寛文七年版、元禄九年版、元禄十二年版、文化十三年版、それに群書類従本があり、それぞれの関係については、本書所載の浅見氏の論考に詳述されている。そこにふれられるように、それぞれの版にもいくつかの種類がある（今は群書類従版にはふれない）。

寛文七年版は、

寛文七丁未歳三月吉日　京都三條通升屋町　出雲寺和泉掾

という刊記をもつ版が多く流布しているが、初刷は、大阪府立図書館石崎文庫蔵本、神宮文庫蔵本に見える、

寛文七丁未歳三月吉日　武村市兵衛

の刊記のあるものであり、さらに、天理図書館蔵本に見える、

寛文七丁未歳三月吉日　武村新兵衛

とあるのがつぐ。

元禄九年版は、寛文七年版をもとに契沖の校訂、頭注によって、新たに板をおこしたものであり、刊記は次のようにある（本影印参照）。

元禄九丙子年三月吉旦

京二条通松屋町　武村市兵衛
大坂内本町　吉田九左衛門
同北御堂前　毛利田庄太郎

ただし、これには、寛文七年版の推移に同調するかのように、武村市兵衛のところが武村新兵衛となっているものがあり、武村市兵衛の方が先行する。水戸家に伝わった彰考館蔵本や三手文庫に伝わる今井似閑旧蔵本が、前者であることが、これを裏付ける。本書の影印に付した浅見氏蔵本も前者に属する。刷りの状況、紺地に金泥の元表紙から考えて、初刷に近いものであろう。後者、武村新兵衛の名が見えるものに、神宮文庫蔵本などがある。

元禄十二年版は、大坂の書肆、保武多伊右衛門による、元禄九年版の再版であり、若干の異なりはあるようだが、新たに彫り起こしたものではない。今のところ刊記の異なるものは見出していない。

文化十三年版は、元禄の版をもとに賀茂季鷹閲、河本公輔校で京都の竹苞楼佐々木惣四郎等によって上梓されており、元禄版の姿をほぼ継承している。これには、刊記に書肆の出入りのあるものがいく種類か見出せるが、精査には至っていない。

二　元禄九年版の特徴とその意義

元禄九年版が、寛文七年版をもとに成立していることは、浅見氏の説かれるとおりであり、ここでは、契沖による校訂を中心に、元禄九年版の特徴とその意義について、解説を加えることにする（以下、寛文七年版を寛文版、元禄九年版を元禄版と呼ぶ）。

浅見氏の指摘どおり、元禄版の単独異文は、若干の誤刻を除いて、ほぼ契沖による校訂と見て間違いない。契沖が寛文版以外に参照した本文は、ないようである。本書の冒頭に付された契沖の序文に、

さきよりゐりおこなへる本あり。文字あやまれること有て、又下巻の序なし。やつかれ、古今より末の集まで、又和名鈔六帖などを引、まれ〳〵はおのが思ひよれる事まで、哥の上の方をけがして書つけたるを、ある御許に奉りしは、かくれぬの下の心、よき本をたまはすこともやとおもへるなるべし。思ひしもしるく、それを寫して返したまふ時に、彼下巻の序と、烏丸の大納言光廣卿の奥書とを賜へり。ところ〳〵にかきくはへられたることもあり。亜相の御本に序はありけるなるべし。

というように、「ある御許」より返された本に「ところ〳〵にかきくはへられたること」があり、京大本系統の本文に一致する校訂が若干認められる程度で、あとは「おのが思ひよれる事」に従ったものとおぼしい。寛文版にない異本注記の中で、

上14　雲路丹（「路」の左に「井ィ」）　～流布本系諸本「井ィ」あり。
上30　鳴立春之（「春」の左に「夏ィ」）　～諸本本文「夏」
下278　不知山辺緒（「知山」の左に「沼ィ」）　～京大本系本文「不知沼山辺緒」

などは、あるいは「ある御許」からの書き加えによるものと思われる。

寛文版にない注記のうち、

上98　成沼雖思（「沼雖」の左に「砥ヵ」）　～原撰本系「成沼砥雖思」
下164　景白露之（「景」の左に「置ヵ」）　～原撰本系「置白露之」

などは、契沖の「おのが思ひよれる事」がまだ見ぬ原撰本系の本文に一致する例であり、契沖の校訂の確かさが見て取れる。元禄版と寛文版との本文を比べて、その異なる部分は、ほぼ、元禄版が正しい形となっており、

上31　雅見湯礼者（寛）―稚見湯礼者（元）

下176　裁芝時（寛）―栽芝時（元）

また、寛文版の異本注記や「―歟」の注記も、首肯できるほうを積極的に本文に取り入れているが、おおむね正しい判断である。

下176　有之菊（寛、「之」の左に「芝歟」）―有芝菊（元）

下211　迅散枝之（寛、「枝」の右に「梅ィ」）―迅散梅之（元）

下246　花許曽（寛、「花」の左に「荏ィ」）―荏許曽（元）

一方で、本文に対する疑問をそのまま残し、頭注に一案を示す方法も認められる。

下203　人将来（頭注、今案将の下に問の字ありてとひこん歟）

下213　不雪者（頭注、此句字のおちたる歟、雪の下に消間の二字ありてゆききえぬまは歟）

前者は寛文版「ヒトノトヒコン」と付訓するのを「ヒトノキタラム」と改めた上で、頭注に「トヒコン」の可能性を残したものである。集中「ラム」には「濫」などの仮名が用いられており、「将」は「ム」に訓みたいところ。脱字説に傾くところであるが、契沖は慎重に本文を残している。後者は寛文版「ユキフミワケテ」と付訓するが、元禄版は付訓しない。このままではどうしても訓めず、脱字説の一案を提示するにとどめる。

訓については、寛文版の訓のうち、本文に即さないものについては、積極的に訓み改めている（上が寛文版の訓、下が元禄版の訓）。

上5　鶯将駐　ウグヒストメヨ―ウグヒストメム

上45　暮景　ユフクレ―ユフカゲ

上84　懸垂　カカレル―カケタル

下160　求谷　ウチハヘテ―トメテダニ
下166　天雲　クモヰ―アマクモ
下178　秋虫　マツムシ―アキムシ

これは、万葉代匠記に遺憾なく発揮された契沖の方法を活かしたものである。新撰万葉集の和歌表記は、文字の用法が限定されており、いわゆる義訓などの特殊な文字遣いはあまり見られない。その点からは、契沖の方法は、かえって本集の訓みに応用しやすい面があり、これらの改訓は、おおむね妥当なものとなっている。

また、付訓に対しては、仮名遣いを統一しているのも、元禄版の大きな特徴である。寛文版では仮名遣いはゆれており（「思（オモフ・ヲモフ）」「老（ヲヒ・オヒ）」など）、これを『和字正濫抄』に示された基準でもって統一している。中には「郁子（ムベ）」のように、今日的な基準からは疑問のものもあるが、それらも含めて、前年に版行された『和字正濫抄』の説を、そのまま本書の付訓に展開しているのである。

元禄版のもう一つの特徴は、寛文版とは大きく異なる漢字字体である。寛文版がおおむね俗字体、通用字体を採用するとすれば、元禄版は、正字体を旨としてさらに古体と認められる特殊な字体をまま採用する。しかも、古体の使用は統一的でなくかなり恣意的である。

たとえば、当時利用された『字彙』の注記によってみると、

　㞢（之）、𠀚（不）、㚔（幸）、旾（春）、歬（前）、朙（明）

などは、『字彙』が「遵時」（本来、こちらが正字であるが、時にしたがって、現在では（　）内の方を用いるべきである）とするもの、

　埜（野）、炗（光）、厺（去）

などは、『字彙』は「古今通用」（どちらを用いてもよい）とするうちの「古」の方である。また、俗字かと思われる「羣

（群）、苍（花）」などもある。これらの文字使用が、契沖によるものかどうかは、検討の余地もあろうが、「匀（匂）」について、『和字正濫通妨抄』に「今云、匂は誤なり、匀なり、菅家万葉并本朝文粋、菅三品の文に用らる」とするのに合致する。また、築島裕氏は、契沖筆の日本霊異記注に「埀（垂）」の文字の見えることを指摘し、その関係を示唆されているが（『契沖全集』第十五巻解説）、同書には、寛文版になく元禄版に見える文字として、他にも「報（報）」、石（石）、厺（去）、忙（忘）、樹（樹）」などを指摘することができ、書体からも契沖の関与を否定できないと思われる。

まとめ

近年、版本の入手が極めて困難な中、寛文七年版については、浅見氏によって、京大本とともに写真版が公開されており、使用に便が図られている。元禄版については、契沖全集第十五巻に活字翻刻が納められるものの、漢字字体など活字翻刻では覆い切れない部分が、元禄版の重要な特徴となっている。その点でここに影印によって紹介できることは、非常に意義深いことと考える。直接の祖本として寛文版が指摘でき、また異本注記にも本文校訂の上で重要なものはそれほどないという面もあるが、契沖による校訂は、新撰万葉集の姿を探る上で重要な提言を多く含んでおり、研究上は避けて通れないものである。この影印を期に今後の活用が期待されるのである。なお、本書の影印に使用した浅見氏蔵本には、下巻の序文に朱による書き入れが見られる。そこで、書き入れのない序文を後刷りではあるが参考として次に付しておく。

（参考）　拙稿「契沖と新撰万葉集　付、寛文七年版新撰万葉集について」『帝塚山学院大学研究論集』第二十二集（一九八七・十二）、「元禄九年版『新撰万葉集』の文字意識―寛文七年版との比較を通して―」『帝塚山学院大学　日本文学研究』第20号（一九八八・二）

（乾　善彦）

準上巻ゝ下當
有之字蓋脱乎

新撰萬葉集巻下

余以借見古人之留歌易覺難知隨時有興
也偸擇時人之練字詩書狀披陳來箋在樂
乎然則或有識之人撰文書之艶句詠當時之
英撲或秀才之者取詩章之麗言讃梅柳之
憫怜遂使文花開於翰林綾字就於辭林凡以
在々處々欲曲舞家之宴之聳聞也何況乎
光華續紛才藝霞飛翔等閑仙窟抽集爲巻

則以使視歌興詩詠之者庶幾使諸家之有以留聆餌脣試傳後代乎將多兵字乎跡疏卷舌鉗口無那頗加以述意之序増別絶句之仄也歳次延喜十三年八月廿一日謹進序句之前人雖興和頭未詠詩序仍序句但慚愧上人丹心凡人不兵欤雖然訂過筆尓

研究文献目録

（凡例）

一　昭和以降のものについて作製された「附録　新撰萬葉集　参考文献」（浅見徹・木下正俊編『新撰萬葉集索引篇　Ⅱ序・漢詩索引』一九六九・三所収）を増補した。

一　但し、解題の類は煩雑を避けて増補を行わなかった。各種辞典などを併せて参看されたい。

一　旧目録ではある程度のジャンル分けが為されていたが、『新撰萬葉集』に関する論文は、序文と成立問題、『萬葉集』・『古今集』・歌合等との関係、道真との関係、伝本、用字法・語彙、文章・文体、文字・表記、構成、詩語など、様々なテーマが複雑に絡み合っている。今回は、各論文を便宜において一つの位置に分類する弊害もあろうかと考え、論者名の五十音順とその発表順とで配列した。

一　管見の及ばなかったところもあろう。大方のご教示を得て補訂してゆきたい。

■解題・翻刻・影印・校本

【解題】

○「新撰万葉集」　福井久蔵『大日本歌書総覧』上巻（不二書房、一九二六・一〇）

○「新撰万葉集」　西下経一『増補改訂版　日本文学大辞典』（新潮社、一九五〇・一〇）

○「新撰万葉集」　井上豊『群書解題』9（続群書類従完成会、一九六〇・一一）

○「新撰万葉集」　山岸徳平『和歌文学大辞典』（明治書院、一九六二・一一）

【翻刻・影印・校本】

○『新撰万葉集』（京都大学国語国文資料叢書13）　京都大学文学部国語学国文学研究室編・浅見徹解説（臨川書店、一九七九・四）

→寛文七年板本／京都大学文学部国語学国文学研究室蔵本の影印と解説。

○『新撰万葉集総索引』（和泉書院索引叢書35）　増田繁夫監修・杜鳳剛編（和泉書院、一九九五・四）
→寛文七年板本の影印、一字索引。
○『契沖全集』15　築島裕（岩波書店、一九七五・一二）
→元禄九年板本の翻刻。
○『新編国歌大観2私撰集編』　木越隆（角川書店、一九八四・三）
→元禄九年板本の翻刻。
○『新撰萬葉集と研究』（未刊国文資料第1期第9冊）　久曾神昇（未刊国文資料刊行会、一九五八・六）
→元禄十二年板本・志賀須賀本の翻刻と研究。
○『群書類従』第十六輯・和歌部七（続群書類従完成会、一九八六（訂正3版））
→群書類従本。
○『新校羣書類従』13（内外書籍、一九二九・一一）
→群書類従本。一部校異を付す。
○『平安和歌叢』（西日本国語国文学会翻刻双書第1期第1冊）　野口元大校訂（西日本国語国文学会翻刻双書刊行会、一九六二・二）
→永青文庫本の翻刻と解題。
○『新撰万葉集・千載佳句』（今井源衛先生華甲記念・在九州国文資料影印叢書1）　後藤昭雄・金原理編（在九州国文資料影印叢書刊行会、一九七七・七）
→永青文庫本の影印と解題。
○『新撰六帖和歌・他三種』（細川家永青文庫叢刊第4巻）　永青文庫編・金原理解題（汲古書院、一九八三・一二）
→永青文庫本の影印と解題。
○『古今和歌集』（新日本古典文学大系5）　小島憲之・新井栄蔵校注（岩波書店、一九八九・二）
→永青文庫本本文の抄出。
○『新撰万葉集　校本篇』　浅見徹・木下正俊編（私家版、一九八一・九）
○『新撰万葉集　校本篇補訂』　浅見徹（私家版）
○『新撰万葉集　索引篇　I　和歌索引』　浅見徹・木下正俊（私家版、一九八三・一二）

○『新撰万葉集　索引篇　Ⅱ序・漢詩索引』浅見徹・木下正俊（私家版、一九六九・三）
→寛文板本以下、十五伝本の校本・索引・研究。
○『道明寺天満宮蔵『新撰万葉集』』（大谷女子大学博物館報告書第44冊・字訓史研究資料2）大谷女子大学資料館編・宇都宮啓吾著（大谷女子大学博物館、二〇〇一・三）
→新出の道明寺天満宮蔵本の影印・翻刻と解題。

【その他、本文を掲げるもの】

○『新撰萬葉集序』『日本歌学大系』1（風間書房、一九五六）
○『北野文叢』（上・下）北野神社社務所編『北野誌』三冊の内、地巻・北野文叢上（遺文部）第九巻所収（国学院大学出版部、一九〇九～一九一〇）
○『萬葉緯』（未刊國文古註釋大系第3冊）今井似閑（帝国教育会出版部、一九三四・四）
○『増補新訂　平安朝歌合大成』萩谷朴（同朋舎出版、一九九五・五～一九九六・一二）

■注釈

○高野　平『新撰万葉集に関する基礎的研究』（風間書房、一九七〇・五）
○青柳隆志「新撰萬葉集略注（第一）―上巻春部―」（東京聖徳国文16、一九九三・三）
○半沢幹一・津田潔「『新撰万葉集』注釈稿（上巻春部1～7）」（共立女子大学文芸学部紀要40、一九九四・二）
○津田潔・半沢幹一「『新撰万葉集』注釈稿（上巻春部8～9）」（東京工業高等専門学校研究報告書26、一九九四・一二）
○半沢幹一・津田潔「『新撰万葉集』注釈稿（上巻春部10～14）」（共立女子大学文芸学部紀要41、一九九五・二）
○津田潔・半沢幹一「『新撰万葉集』注釈稿（上巻春部15～16）」（東京工業高等専門学校研究報告書27、一九九五・一二）
○半沢幹一・津田潔「『新撰万葉集』注釈稿（上巻春部17～21）」（共立女子大学文芸学部紀要42、一九九六・二）
○津田潔・半沢幹一「『新撰万葉集』注釈稿（上巻夏部22～23）」（東京工業高等専門学校研究報告書28、一九九六・一二）
○半沢幹一・津田潔「『新撰万葉集』注釈稿（上巻夏部24～28）」（共立女子大学文芸学部紀要43、一九九七・一）
○津田潔・半沢幹一「『新撰万葉集』注釈稿（上巻夏部29～30）」（東京工業高等専門学校研究報告書29、一九九七・一二）

○半沢幹一・津田潔「『新撰万葉集』注釈稿（上巻夏部31〜32）」（共立女子大学文芸学部紀要44、一九九八・一）
○半沢幹一・津田潔「『新撰万葉集』注釈稿（上巻夏部33〜37）」（共立女子大学文芸学部紀要45、一九九九・一）
○津田潔・半沢幹一「『新撰万葉集』注釈稿（上巻夏部38〜39）」（東京工業高等専門学校研究報告書31、二〇〇〇・一）
○半沢幹一・津田潔「『新撰万葉集』注釈稿（上巻夏部40〜42）」（共立女子大学文芸学部紀要46、二〇〇〇・一）
○津田潔・半沢幹一「『新撰万葉集』注釈稿（上巻秋部43〜44）」（東京工業高等専門学校研究報告書32、二〇〇一・一）
○半沢幹一・津田潔「『新撰万葉集』注釈稿（上巻秋部45〜47）」（共立女子大学文芸学部紀要、47、二〇〇一・一）
○津田潔・半沢幹一「『新撰万葉集』注釈稿（上巻秋部48〜49）」（東京工業高等専門学校研究報告書、33−2、二〇〇二・一）
○半沢幹一・津田潔「『新撰万葉集』注釈稿（上巻秋部50〜52）」（共立女子大学文芸学部紀要、48、二〇〇二・一）

■論文

○青柳隆志「新撰万葉集の和歌配列―上巻春部を中心に―」（平安文学研究74、一九八五・一二）
○青柳隆志「新撰万葉集の和歌配列続稿」（平安文学研究75、一九八六・六）
○秋山　虔「道真文学の原点について」（日本文学23、一九七四・三）
○秋山　虔「平安新京の文学概説」『日本文学史　二　中古の文学』（有斐閣、一九七六・七）
○秋山虔・新井栄蔵・大岡信・小町谷照彦・益田勝美「《座談会》古今集の〝集〟としての詩的世界」（文学54−2、一九八六・二）
○大岡信・秋山虔「《対談》詩の思想・詩の批評―菅原道真と紀貫之―」（国文学解釈と教材の研究37−12、一九九二・一〇）
○浅見　徹「新撰萬葉集の用字―基礎作業として、助詞の表記について」（萬葉51、一九六四・四）
○浅見　徹「借訓仮名の多様性―新撰萬葉集の場合―」（萬葉57、一九六五・一〇）
○浅見　徹「新撰万葉集の伝本に関して」（国語国文46−5、一九七七・五）
○浅見　徹「『新撰万葉集』の伝本に関して（続）」『論集日本文学・日本語2　中古』（角川書店、一九七七・一一）
○浅見　徹「和歌の真名表記」『小島憲之博士古稀記念論文集　古典学藻』（塙書房、一九八二・一一）
○浅見　徹「表現の類型化―季節との関わりにおいて―」（萬葉120、一九八四・一二）
○有吉　保「「寛平御時后宮歌合」について―伝菅公筆摸本断簡を中心として」（語文（日本大学）41、一九七六・七）
○安間　慎「新撰万葉集について（一）―上巻における漢詩を中心にして」（愛知大学国文学6、一九六五・二）

○飯島稲太郎編『十巻本歌合―寛平御時后宮歌合』（平安朝かな名蹟選集第58巻）（書藝文化新社、一九八三・六）
○井口樹生「巻八成立の背景」（上代文学52、一九八四・四）
○池田　勉「貫之」『講座日本文学　三　中古篇Ｉ』（三省堂、一九六八・一二）
○泉　紀子「新撰万葉集における漢詩と和歌」（女子大文学32、一九八一・三）
○泉　紀子「新撰万葉集における和歌の享受」（中古文学27、一九八一・五）
○泉　紀子「新撰万葉集の本文とその性格―十巻本歌合との関連において―」（中古文学30、一九八二・一〇）
○泉　紀子「『新撰万葉集』成立についての試論」（女子大文学34、一九八三・三）
○泉　紀子「『新撰万葉集』における「和」と「漢」―在原棟梁歌「秋風に綻びぬらし藤袴」を手掛りに」『和漢比較文学叢書3―中古文学と漢文学1』（汲古書院、一九八六・一〇）
○泉　紀子「『新撰万葉集』の「和」と「漢」―暁露鹿鳴花始発―」（百舌鳥国文6、一九八六・一〇）
○泉　紀子「古今和歌集と新撰万葉集―七夕歌の場合―」『一冊の講座古今和歌集』（有精堂出版、一九八七・三）
○泉　紀子「『新撰万葉集』巻頭歌の意味と位置付け―「水之上丹　文織紊春之雨哉」―」『和漢比較文学叢書11―古今集と漢文学』（汲古書院、一九九二・九）
○泉　紀子「『新撰万葉集』の世界―その場面性と口誦性」『王朝文学の本質と変容　韻文編』（和泉書院、二〇〇一・一一）
○伊藤　博「万葉集の成立と評価をめぐって」『講座日本文学の争点1』（明治書院、一九六九・一）
○伊藤　博『古代和歌史研究1～8』（塙書房、一九七四・九～一九九二・三）
○稲岡耕二『万葉表記論』（塙書房、一九七六・一一）
○乾　善彦「新撰万葉集の和歌表記とその用字の一特徴　表記史の一視点から―」（文学史研究24、一九八三・一二）
○乾　善彦「契沖と新撰万葉集―付、寛文七年版新撰万葉集について」（帝塚山学院大学研究論集22、一九八七・一二）
○乾　善彦「元禄九年版『新撰万葉集』の文字意識―寛文七年版との比較を通して―」（帝塚山学院大学日本文学研究20、一九八九・二）
○乾　善彦「「山下風」小考」（萬葉156、一九九六・一）
○井野口孝「「触處」攷」（訓点語と訓点資料　記念特輯号、一九九八・三）
○今井卓爾『古代文芸思想史の研究』（早稲田大学出版部、一九六四・六）

○内田順子「寛平御時后宮歌合―本文の問題を中心に」(国語国文47-10、一九七八・一〇)
○尾崎暢殃「奈良の帝の御代ということ」(上代文学52、一九八四・四)
○長部浩一「新撰万葉集に詠ぜられた女郎花―万葉歌の継承と展開」(国学院雑誌98-6、一九九七・六)
○小沢正夫「宇多天皇と和歌の興隆」(日本文学研究24、一九五一・八)
○小沢正夫『古今集の世界』(塙書房、一九六一・六)
○小沢正夫「書評・高野平著『新撰万葉集に関する基礎的研究』」(国語と国文学48-5、一九七一・五)
○小沢正夫『作者別年代順古今和歌集』(明治書院、一九七五・一〇)
○澤瀉久孝「菅家万葉集の和歌の用字に就いて」『菅公頌徳録』(京都北野天満宮、一九四四・七)
○風巻景次郎「古代詩と中世詩との間」『風巻景次郎全集』第五巻(桜楓社、一九七〇・三)
○金子妙子「『新撰万葉集』の「恋歌」「思歌」をめぐって」(国語国文論集(学習院女子短期大学)6、一九七七・二)
○金子彦二郎「新撰万葉集の詩に関する新考察」(国語2-3(教育出版センター一九八五・八復刻)、一九三七・七)
○金子彦二郎『平安時代文学と白氏文集　句題和歌・千載佳句研究篇』(培風館、一九四三・一二)
○金子彦二郎『増補　平安時代文学と白氏文集　道真の文学研究篇』第一冊(講談社、一九四八・五)
○金子彦二郎『増補　平安時代文学と白氏文集　道真の文学研究篇』第二冊(芸林舎、一九七八・四)
○神谷かをる「新撰万葉集における和漢の共通語彙について―歌語と詩語」(光華女子大学研究紀要26、一九八八・一二)
○神谷かをる「新撰万葉集上下巻の詩歌共通語彙」(語文(大阪大学)52、一九八九・六)
○神谷かをる「新撰万葉集下巻における和漢の共通語彙―歌語と詩語―」(光華女子大学研究紀要27、一九八九・一二)
○神谷かをる『古今和歌集用語の語彙的研究』(和泉書院、一九九九・三)
○川口常孝「万葉から古今へ」(語文(日本大学)三三、一九六六・三)
○川口久雄「菅原道真とその時代」『講座日本文学　三　中古篇I』(三省堂、一九六八・一二)
○川口久雄「菅原道真について」(日本文学23、一九七四・三)
○川口久雄「古今集への道―和風達成の背後にあるもの―」(文学53-12、一九八五・一二)
○川口久雄『三訂　平安朝日本漢文学史の研究』(明治書院、一九七五〜一九八八)
○菊地靖彦「『新撰万葉集』をめぐって―『古今集』の前夜―」『北住敏夫教授退官記念　日本文芸論叢』(笠間書院、一九七六・一一)

○菊地靖彦『古今的世界の研究』（笠間書院、一九八〇・一一）
○木越　隆「新撰万葉集上巻の漢詩の作者について」（国語4―4（教育出版センター一九八五・一〇復刻）、一九五六・九）
○木越　隆「原撰本新撰万葉集下巻考―和歌配列をめぐって―」（国文学言語と文芸25、一九六二・一一）
○久曾神昇「新撰万葉集原撰本の出現」（愛知大学文学論叢3、一九五〇・一一）
○久曾神昇「戀歌と思歌」（日本文学研究32、一九五三・六）
○久曾神昇『平安稀覯撰集』二冊『古典文庫』60・60別冊（一九五二・七）
○久曾神昇「継色紙集は続万葉集か」（愛知大学文学論叢5・6（合併号）、一九五三・二）
○久曾神昇「寛平御時后宮歌合考」（愛知大学文学論叢8、一九五四・三）
○久曾神昇「是貞親王家歌合略考」（愛知大学国文学3、一九五四）
○久曾神昇「原撰本新撰万葉集の本文批評」（愛知大学文学論叢37、一九六九・三）
○久曾神昇「私撰集・歌合」『増補新版　日本文学史』第二巻　中古（至文堂、一九七七・四）
○久曾神昇「異本の興味（六）」（汲古6、一九八四・一一）
○久曾神昇「新撰万葉集と寛平御時后宮歌合」（文学54―2、一九八六・二）
○熊谷直春「新撰萬葉集の成立（上）」（国文学研究60、一九七六・一〇）
○熊谷直春「新撰萬葉集の成立（下）」（国文学研究61、一九七七・三）
○熊谷直春「菅原道真の歌人的形成」（古代研究12、一九八〇・九）
○熊谷直春「菅原道真の万葉集綜緝説について」（古代研究15、一九八三・二）
○熊谷直春『平安朝前期文学史の研究』（桜楓社、一九九二・六）
○熊谷直春『万葉集の形成』（翰林書房、二〇〇〇・五）
○隈部　功「漢詩の数量的分析」（日本語研究センター報告4、一九九七・三）
○黒須重彦『漢字文化圏の諸問題―「こえ」と文字』（武蔵野書院、一九九二・四）
○呉　衛峰「和歌と漢詩―『新撰万葉集』をめぐって」（比較文学研究67、一九九五・一〇）
○呉　衛峰「和歌と漢詩の出会い―『新撰万葉集』における「あやめ草」と「菖蒲」をめぐって」（文学語学156、一九九七・一〇）
○小島憲之「中国物より歌へ―平安初期歌成立の一面」（国語と国文学40―5、一九六三・五）

○亀井孝・小島憲之他『日本語の歴史3　言語芸術の花ひらく』（平凡社、一九六四・四）
○小島憲之「万葉集の編纂に関する一解釈―菅原道真撰の説によせて」『万葉集研究』1（塙書房、一九七二・四）
○小島憲之「白詩の影―新撰万葉集下巻の詩の周辺―」『谷山茂教授退職記念　国語国文学論集』（塙書房、一九七二・一二）
○小島憲之「万葉から古今へ」『萬葉集講座』4（有精堂出版、一九七三・一二）
○小島憲之・他『ゼミナール：古典文学の心』（朝日新聞社、一九七三）
○小島憲之「白詩の投影―新撰万葉集・古今集の周辺を中心として」『倉野憲司先生古稀記念　古代文学論集』（桜楓社、一九七四・九）
○小島憲之「語の性格―外来の「俗語」を中心として―」『境田四郎教授喜寿記念論文集　上代の文学と言語』（前田書店、一九七四・一二）
○小島憲之「古今以前―万葉集から古今集へ」『日本文学研究資料叢書　古今和歌集』（『短歌』14-3初出一九六七・三）（有精堂出版、一九七六・一）
○小島憲之「古今集の歌の周辺」『鑑賞日本古典文学　7　古今和歌集・後撰和歌集・拾遺和歌集』（角川書店、一九七五・九）
○小島憲之「九世紀の歌と詩―『新撰万葉集』を中心として―」（国文学（関西大学）52、一九七五・九）
○小島憲之「古今集への道―「白詩圏文学」の誕生」（文学43-8、一九七五・八）
○小島憲之『古今集以前―詩と歌の交流』（塙書房、一九七六・二）
○小島憲之「恋歌と恋詩―万葉・古今を中心として」（文学44-3、一九七六・三）
○小島憲之「平安びと漢語表現の一ふし―「被白詩圏文学」と「非白詩圏文学」と」（文学45-6、一九七七・六）
○小島憲之「私なりのもの学び―漢語表現雑俎」国語と国文学58-7、一九八一・七）
○小島憲之「漢詩の中の平安佳人―『源氏物語』へ」（文学50-8、一九八二・八）
○小島憲之「『古今集』への遠い道―九世紀漢風讃美時代の文学―」（文学53-12、一九八五・一二）
○小島憲之『日本文学における漢語表現』（岩波書店、一九八八・八）
○小島憲之『上代日本文學と中國文學（上・中・下）』（塙書房、一九六二・九～一九六五・三）
○小島憲之『国風暗黒時代の文学』全八冊（塙書房、一九六八～一九九八）
○後藤利雄『万葉集成立新論』（至文堂、一九六六・一二）

○小林賢章「『新撰万葉集』の表記」『論集日本語研究二―歴史編―』（明治書院、一九八六・一二）
○小松茂美『古筆学大成』全30冊（講談社、一九八九・一～一九九三・一二）
○坂本太郎『菅原道真』（吉川弘文館人物叢書、一九六二・一一）
○佐竹昭広「文学のひろば」（文学53-12、一九八五・一二）
○佐藤高明「後撰集の歌合歌の逸脱について」（国文学言語と文芸5、一九五九・七）
○佐藤高明「後撰集の撰述組織に関する一考察」（文学語学14、一九五九・一二）
○重見一行「古今集と所載歌合の関係についての一考察」（中世文芸19、一九六〇・三）
○新間一美「「松風」と「琴」―新撰万葉集から源氏物語へ―」『王朝文学の本質と変容　散文編』（和泉書院、二〇〇一・一一）
○杉谷寿郎「後撰集における新撰万葉集歌考」（りてらえやぽにかえ2、一九五九・一〇）
○杉山康彦・島田良二「新撰万葉集原撰本の出現（久曾神昇氏　愛知大学文学論叢3）」（日本文学史研究10、一九五一・三）
○鈴木日出男「『古今集』の見立てについて」（文学54-2、一九八六・二）
○鈴木日出男「文学史の九世紀―詩と歌と―」（国文学解釈と教材の研究37-12、一九九二・一〇）
○高野　平「寛平御時后宮歌合と新撰萬葉集」（国学3、一九三五・一二）
○高野　平「寛平御時后宮の歌合に関する后宮考」（文学論藻14、一九五九・六）
○高野　平「新撰万葉集の生成年代考察に関する基礎的研究」（文学語学12、一九五九・六）
○高野　平「古今集と新撰万葉集との共通歌について―歌合伝本にふれて」（東横学園女子短期大学紀要1、一九六二・二）
○高野　平「後撰集と新撰万葉集との共通歌について」（文学論藻22、一九六二・五）
○高野　平「寛平歌合伝本考察―古今集その他の集にもふれて―」（東横学園女子短期大学紀要2、一九六三・二）
○高野　平「原撰本新撰万葉集を疑う」（語文（日本大学）15、一九六三・六）
○高野　平「古今六帖と新撰万葉集」（語文（日本大学）21、一九六五・六）
○高野　平「八雲軒本と原撰本新撰万葉集について―藤波家本その他の伝本にもふれて―」（語文（日本大学）25、一九六六・一二）
○高野　平「八雲軒本と原撰本新撰万葉集について（二）―藤波家本その他の伝本にもふれて」（東横学園女子短期大学紀要5、一九六七・二）
○高野　平「八雲軒本と原撰本新撰万葉集について（三）―藤波家本その他の伝本にもふれて」（東横学園女子短期大学紀要6、

一九六八・二）
○高野　平「古今集一七九、一八〇、二一三の躬恒の歌について—寛平后宮歌合の歌とすることの存疑」（東横学園女子短期大学紀要7、一九六九・二）
○高野　平「「つと」の用字としての「土毛」について」（語文（日本大学）33、一九七〇・五）
○高野　平「新撰万葉集所載歌用字「屋門」「宿」についての考察—真名伊勢物語の用字にもふれて」（東横学園女子短期大学紀要9、一九七一・二）
○高野　平「「寛平御時后宮歌合」の原典想定」（国語と国文学50-11、一九七三・一一）
○高野　平「「寛平后宮歌合」の原典想定補説—二、三の新見を添えて」（語文（日本大学）41、一九七六・七）
○高野　平『寛平后宮歌合に関する研究』（風間書房、一九七六・三）
○高野　平「新撰万葉集を中心に係助詞「ソ」の清濁について」（語文（日本大学）45、一九七八・九）
○高野　平『古今集を生んだ新撰万葉集』（金星社、一九八〇・八）
○高野　平「新撰万葉集をめぐって—四項目の疑点解明—」（文学論藻58、一九八三・一二）
○武宮りゑ子「菅家萬葉集」『国民と民族思想』（一九三四・一〇）
○田島　優「〈女郎花〉考」『日本語論究2　古典日本語と辞典』（和泉書院、一九九二・一〇）
○田中喜美春「「日続万葉集」批判」（岐阜大学教育学部研究報告（人文科学）22、一九七四・一）
○田中喜美春「醍醐天皇の古今集改修」（国語と国文学58-4、一九八一・四）
○田中大士「黄河考—新撰萬葉集漢詩の手法—」（萬葉118、一九八四・六）
○田中幹子「日本漢詩における「霞」の解釈について—『新撰万葉集』『和漢朗詠集』『新撰朗詠集』を中心に—」（和漢比較文学14、一九九五・一）
○谷本玲大「『新撰萬葉集』上巻和歌の使用文字考—『萬葉集』柿本人麻呂関係歌との関連を中心に—」（東洋大学大学院紀要34、一九九八・二）
○谷本玲大「『新撰萬葉集』本文校訂に於ける避板概念の導入について」（東洋大学大学院紀要35、一九九九・三）
○谷本玲大「無窮會本『新撰萬葉集』の価値再考」（東洋文化　復刊82、一九九九・三）
○谷本玲大「和漢比較文学の典拠論におけるインターネット活用」（人文学と情報処理24、一九九九・九）

○谷本玲大『新撰万葉集』下巻詩の生成原理―「たね」と異文検討の方法」（東洋大学大学院紀要36、二〇〇〇・二）
○谷本玲大「曖昧検索性を持たせたN-gram サーチの手法―『新撰萬葉集』と菅原道真の詩の比較を例に―」（漢字文献情報処理研究2、二〇〇一・一〇）
○田林義信「古今和歌六帖と新撰万葉集」（国文学攷23、一九六〇・五）
○築島　裕『平安時代の漢文訓讀語につきての研究』（東京大学出版会、一九六三・三）
○築島　裕『平安時代語新論』（東京大学出版会、一九六九・六）
○築島　裕「平安時代における仮名字母の変遷について」（訓点語と訓点資料62、大坪・鈴木・春日三教授退官記念特輯号、一九七九・三）
○築島　裕「万葉集の訓点表記方式の展開」（国語と国文学56-7、一九七九・七）
○辻田昌三「新撰萬葉集に見える黄葉の文字について」（埴生野国文5、一九七五・一二）
○津田　潔「『新撰万葉集』上巻・恋歌における白詩の受容について」（白居易研究年報創刊号、二〇〇〇・五）
○鶴　久「万葉集巻十の用字法」（国語と国文学53-5、一九七六・五）
○鶴　久「万葉仮名」『岩波講座　日本語8　文字』（岩波書店、一九七七・三）
○鶴　久「『万葉集』『新撰万葉集』（漢字文2）」『漢字講座5古代の漢字とことば』（明治書院、一九八八・七）
○徳永良次「元永本古今和歌集の表記―助詞・助動詞などの漢字表記を中心として―」（中央大学大学院研究年報19、一九八九・三）
○杜　鳳剛「以「灰」識「気」―『新撰万葉集』巻之上春歌一と春歌八の訳詩解釈についての一試案」（文学史研究35、一九九四・一二）
○杜　鳳剛「「雲居」考」（文学史研究36、一九九五・一二）
○杜　鳳剛「新撰万葉集訳詩の畳字と撰者について」『日本의言語와文學』（壇國日本研究會（壇國大学校）二〇〇一・一〇）
○中島信太郎『菅原道真―その人と文学』（太陽出版、一九八一・一二）
○中田祝夫「平安時代の国語」『日本語の歴史』（至文堂、一九五七・六）
○中西　進「万葉集の形成―平安朝文献の意味」『講座日本文学　二　上代編Ⅱ』（三省堂、一九六八）
○中西　進「続・万葉集の形成（上）―平安朝文献の意味」（成城文芸50、一九六八・六）
○中西　進「続・万葉集の形成（下）―平安朝文献の意味」（成城国文学論集1、一九六八・一一）

○中西　進『中西進万葉論集』全八冊（講談社、一九九五〜一九九六）
○中根三枝子「新撰万葉集撰者についての一考察」（東洋大学大学院紀要18、一九八二・二）
○中野方子「貫之歌と漢詩文—閨怨詩の影響」（和歌文学研究71、一九九五・一二）
○永藤　靖「菅原道真とその文学」（文芸研究27、一九七三・三）
○西下経一『古今集の伝本の研究』（明治書院、一九五四・一一）
○西宮一民「古典の書写」『藤井寺市史』第十巻史料編八中（藤井寺市史編さん委員会編、一九九二・三）
○西宮一民「文学」『藤井寺市史』各説編（藤井寺市史編さん委員会編、二〇〇〇・三）
○仁平道明「林のある風景—漢と和と」『論集平安文学2—東アジアのなかの平安文学』（勉誠社、一九九五・五）
○仁平道明『和漢比較文学論考』（武蔵野書院、二〇〇〇・五）
○野口康代「『新撰万葉集』の心情表出」（学芸国語国文学15、一九七九・一一）
○ハーラ・イシュトウヴァン「『萬葉集』名義の謎」（萬葉84、一九七四・六）
○橋本達雄「万葉集の成立過程」（上代文学52、一九八四・四）
○橋本不美男『王朝和歌史の研究』（笠間書院、一九七二・一）
○久松潜一『契沖伝』『久松潜一著作集』12（至文堂、一九六九・一〇）
○平井卓郎「寛平御時后宮の歌合の原形について」（国語と国文学30-6、一九五三・六）
○藤岡忠美「古今集前後」『講座日本文学　三　中古篇Ⅰ』（三省堂、一九六八・一二）
○藤岡忠美「新撰万葉集」『和歌文学講座』4（桜楓社、一九七〇・三）
○藤岡忠美「紀貫之と同時代の歌人たち—是貞親王家歌合をめぐって」（解釈と鑑賞44-2、一九七九・二）
○古谷　稔『寛平御時后宮歌合—伝宗尊親王筆』（日本名筆選14）解説（二玄社、一九九三・一二）
○堀部正二『纂輯類聚歌合とその研究』（美術書院、一九四五・二）
○待永正子「新撰万葉集の文字について」（香椎潟10、一九六五・二）
○松浦貞俊「三代集と漢詩文」（解釈と鑑賞21-6、一九五六・六）
○松原　茂「寛平御時后宮歌合考」（墨美215、一九七一・一〇）
○松原　茂『平安　寛平御時后宮歌合』（日本名跡叢刊）解説（二玄社、一九七七・五）

○三木雅博『平安詩歌の展開と中国文学』（和泉書院、一九九九・一〇）
○三木雅博「「匂」字と「にほふ」―菅原道真と和語の漢字表記―」（文学史研究23、一九八二・一二）
○水島義治「万葉集平安後期成立説を疑う」（上代文学52、一九八四・四）
○峰岸義秋『歌合の研究』（三省堂、一九五四・一〇）
○峰岸義秋「寛平御時后宮歌合」（『群書解題』7、一九六〇・一二）
○宮谷聡美「『古今集』と漢文学―寛平御時后宮歌合の和歌における漢文学の摂取について」（平安朝文学研究　復刊4、一九九五・一二）
○村瀬敏夫『古今集の基盤と周辺』（桜楓社、一九七一・一〇）
○村瀬敏夫「書評・『王朝歌壇の研究　宇多・醍醐・朱雀朝篇』」（国語と国文学51-8、一九七四・八）
○村瀬敏夫『平安朝歌人の研究』（新典社、一九九四・一一）
○森本治吉「新撰萬葉集講義」『短歌講座　五巻　撰集講義篇』（改造社、一九三二・二）
○山岸徳平「漢詩集と勅撰集との関係的背景」（国語と国文学18-5、一九四一・五）
○山口慎一「『新撰万葉集』「恋」の表現方法―和歌と漢詩の構成力―」（学芸国語国文学15、一九七九・一一）
○山口　博「歌壇中古Ⅰ」『和歌文学講座』3（桜楓社、一九六九・九）
○山口　博「元慶六年日本紀竟宴和歌」（中古文学4、一九六九・一一）
○山口　博「菅原道真の万葉集綜輯」（和歌文学研究25、一九六九・一二）
○山口　博「歌合の享受―宇多朝から後冷泉朝―」（文学語学70、一九七四・一）
○山口　博「平安朝万葉史の一仮説―『万葉二十巻抄』の事」（文学語学90、一九八一・六）
○山口　博「万葉集成立の謎」（歴史と人物10-12、一九八〇・一二）
○山口　博「古万葉集序の復権」（香椎潟27、一九八二・三）
○山口　博『万葉集形成の謎』（桜楓社、一九八三・一）
○山口　博「万葉集平安朝形成説は可能か」（上代文学52、一九八四・四）
○山口　博『王朝歌壇の研究』全四冊（桜楓社、一九六七～一九九三）
○山﨑健司「新撰万葉集と菅原道真―上巻における和歌と漢詩の或る場合―」（日本語と日本文学4、一九八四・一二）

○山﨑健司「新撰萬葉集の形成―上巻第一次編集本の復元―」（萬葉117、一九八四・三）
○山﨑健司「新撰万葉集の形成―下巻を中心として」（萬葉127、一九八七・九）
○山﨑健司「新撰万葉集女郎花の部の形成―宇多上皇周辺における和歌の享受」（国語国文59-3、一九九〇・三）
○山田俊雄「和歌の真名書きについての試論―朗詠和歌を中心として―」（山梨大学学芸学部研究報告5、一九五四）
○山田俊雄「真名本の意義」（国語と国文学34-10、一九五七・一〇）
○山本登朗「うたて匂ひの袖にとまれる―『新撰万葉集』と『古今和歌集』」（礫110、一九九五・一二）
○吉川栄治「古歌と『万葉』―『新撰万葉集』序文の検討」（和歌文学研究46、一九八三・二）
○吉川栄治「平安朝の『万葉集』―巻八・十の成立―」（古代研究16、一九八四・一）
○余田　充『『任氏伝』の一受容形態―『新撰万葉集』上巻秋10の解」（四国女子大学紀要1-2、一九八二・三）
○余田　充「「愁霜残鬢侵素早」―新撰万葉集の嘆老表現」（うずしお文藻4、一九八七・三）
○渡部昇一「和歌の言葉と国語イデオロギーの発生―菅原道真についての一仮説―」（国文学解釈と教材の研究22-2、一九七七・二）
○渡辺秀夫「和歌・政治・時代―醍醐天皇と菅原道真と」（解釈と鑑賞44-2、一九七九・二）
○渡辺秀夫「王朝詩歌の表現位相―詩語とうたことば―」『和漢比較文学叢書11―古今集と漢文学』（汲古書院、一九九二・九）
○渡辺秀夫「和歌と漢詩―「新撰万葉集」から「菅家万葉集」へ」（国文学解釈と教材の研究37-12、一九九二・一〇）
○渡辺秀夫「古今集時代における白居易」『白居易研究講座　三』（勉誠社、一九九三・一〇）
○渡辺秀夫「「新撰万葉集」論―上巻の和歌と漢詩をめぐって」（国語国文67-9、一九九八・九）
○渡辺秀夫「和漢比較研究の視角」（新日本古典文学大系34（月報90）、岩波書店、一九九九・三）

（谷本玲大）

後記

古典研究に必要な工具書として、校本と索引とがある。これをものすには綿密な諸本研究と詳細な本文理解とが必須である。『新撰万葉集』については、一九八一年（校本篇）から一九八九年（索引篇Ⅱ）にかけて、浅見徹氏と木下正俊氏とによってわれわれに与えられることとなった。浅見氏の諸本研究は、一九七七年に最初の論考が発表されているから、校本篇の完成に四年、索引の完成にさらに八年が費やされたことになる。もちろん、両氏の他の業績を鑑みるにそれにのみ没頭されていたわけではないが、作品の分量を考えると、そこに両氏のこだわりが想像される。校本篇の異同のとり方をみると、そのこだわりが索引篇の作成に多大の困難をもたらしたのではないかと思量される。

校本篇のこだわりは、諸本の文字の姿をできるだけ忠実に提供しようとした所にある。万葉集などのように伝本の多くが写真複製によって提供されているならば、それほどこだわることはなかったのだろうが、当時はまだ活字の本文しか提供されていない状況であった。校本作成後の一九七九年になって、京都大学本と寛文七年刊本が浅見氏によって、つづいて永青文庫本が在九州国文資料影印叢書の1として、影印が提供されたが、いまだその域をでない。

校本篇の意義がより発揮されるためにも、それぞれの本文が共有される必要がある。そこで、浅見氏に監修をお願いして、影印二種を刊行することにした。内閣文庫本と元禄九年刊本を選んだ意図については、解説に述べたとおりである。これで、主要な系統の本文が、一応は出揃ったことになる。また、浅見氏の諸本研究の中から、索引篇Ⅱに収められたものを補訂を加えて再録した。今後、本影印をもとにこの論考が再検討されることを望むからである。ただし、本書の性格上、浅見氏らしさのにじみでた補注は、残念ながら削らせていただいた。再検討を志すものは是非、原本についてみられたい。

浅見氏が新撰萬葉集についての最初の論考を発表されたのは、一九六四年。爾来、四十年にならんとしている。その間に、新撰萬葉集の研究は、格段に進展したが、本文研究をはじめとする基礎的な研究は、それほどでもない。そこで、氏の研究に導かれて新撰萬葉集の世界に踏み込んだ編者二人が、影印二種の刊行と諸本研究の再録、全体の監修を氏にお願いしたのであった。氏はこころよくこれをお引き受け下さった。しかしながら、企画が出てから、編者の都合で思いのほかに時間を費やしてしまった。浅見氏には、深くお詫び申し上げる。

二〇〇一年、道明寺天満宮本（藤井寺市史編纂過程で発見され、一九八七年、藤井寺市文化財第八号に西宮一民氏によって紹介された）が、大谷女子大学の調査チームによって写真版で解説を付して報告された（大谷女子大学博物館報告書第44冊）。この年、浅見氏も古来稀な齢を迎えられた。これも何かの縁であろう。本書が、もう少し早く進めば、そのお祝いになったものと悔やまれる。願わくば、これを機に、新撰万葉集の本文研究が進展せんことを。

なお、私家版の共著者木下正俊氏、影印を許可いただいた独立行政法人国立公文書館、本書の刊行をこころよくお引き受けいただき、いろいろとご助言いただいた和泉書院社長廣橋研三氏に厚く御礼申し上げる次第である。

（乾　善彦）

【監修者】
浅見　徹（あさみ　とおる）
一九三一年生。京都大学大学院博士課程単位取得退学
岐阜大学教授を経て現在神戸松蔭女子学院大学教授
著書　新撰万葉集（京都大学国語国文資料叢書、臨川書店、一九七九）、新撰万葉集校本篇索引篇（木下正俊氏と共著、私家版、一九六一〜一九六九）

【編者】
乾　善彦（いぬい　よしひこ）
一九五六年生。大阪市立大学大学院博士後期課程単位取得退学
帝塚山学院大学助教授を経て現在大阪女子大学教授
著書　世話早学文　影印と翻刻（和泉書院、二〇〇〇）、漢字による日本語書記の史的研究（塙書房、二〇〇三）

谷本玲大（たにもと　さちひろ）
一九七一年生。東洋大学大学院博士後期課程単位取得退学
茨城大学他、非常勤講師、（財）無窮會東洋文化研究所特別研究員
著書　インターネットで広がる古典の世界　電脳国文学（漢字文献情報処理研究会編、好文出版、二〇〇一）、パソコン悠悠漢字術二〇〇二（文字鏡研究会編、紀伊國屋書店、二〇〇二）

研究叢書 300

『新撰万葉集』諸本と研究
二〇〇三年九月二五日初版第一刷発行
（検印省略）

監修者　浅見　徹
編　者　乾　善彦
　　　　谷本玲大
発行者　廣橋研三
印刷所　亜細亜印刷
製本所　渋谷文泉閣
発行所　有限会社　和泉書院
大阪市天王寺区上汐五-三-八
〒五四三-〇〇〇二
電話　〇六-六七七一-一四六七
振替　〇〇九七〇-八-一五〇四三

ISBN4-7576-0223-5　C3395